U0023784

新世紀叢書

當代重要思潮・人文心靈・宗教・社會文化關懷

鄧鴻樹 著
台東大學
英美語文學系
助理教授

閱讀，
是一種
離群的連結

文學記錄了一頁又一頁失眠的夜，
閱讀的進行式一旦開啟，
沒有別人能夠代班。

船長徹夜未眠

當代歐美文學的閱讀進行式

船長徹夜未眠：當代歐美文學的閱讀進行式

【目錄】本書總頁數304頁

第二式
暗夜星光，閱讀第三文化

第三式
深夜進行式，當代文學與人生

第四式
當代閱讀的晨曦

序—閱讀的進行式

閱讀是一種進行式：這個說法雖然有點「洋涇浜」，卻很能點出閱讀的行動特質。

英文裡，無論是名詞或動詞，「閱讀」（reading）都內建一個不可分割的進行時態（ing）。深讀淺讀不管怎麼讀，都要持續進行，文句才會有意義，才讀得出所以然。

閱讀可以分享，但閱讀卻總是孤獨的，是一種抗拒多工的進行時態。要心無旁騖地讀，就要暫停其他活動，切斷與外緣世界的連結，暫時下線，一字一句讀下去。此離群的屬性，實有別於講求多工任務、集體連結的數位世界。

一心二用已成數位生活的常態。邊聽歌可邊做事；邊讀書除了邊下載，還能如何多工？在流行歌手獲頒諾貝爾文學獎的今天，歌曲凌駕詩文，電影取代小說，文字以外的媒體勢力排山倒海，要維持閱讀的進行式，談何容易！

因此，當我們看到 Google 閱讀搜尋趨勢近十年持續下滑，就不足為奇了。值得注意的是，閱讀的搜尋高峰常為學校考試的月份，學生顯然為閱讀人口的「基本盤」。每逢歲末，閱讀的搜尋趨勢經常跌到谷底，新年到來，又明顯回升。此現象顯示，仍有很多人趁新年下定決心多看書，只是很難徹底實踐。

神經科學已證明閱讀與腦部發展關係密切，閱讀文學作品還能強化腦力。閱讀就像健康生活一樣，有待推廣。要如何將閱讀教育拓展到課堂外；要如何將閱讀視為如極限運動般值得克服的挑戰：這些難題沒有速效的解方。唯有每人從自身做起，打開書本，發揮奇文共賞的熱忱，周遭才會有更多共鳴，一起閱讀。

本書希望能引發共鳴，讓讀者於迴響中感受離群卻又連結的閱讀進行式。

二〇一六年《牛津辭典》年度代表字為「後真相」（post-truth），一語道破當代世界輕忽客觀事實、著重個人情感的民粹走向。眼前許多國際變局揭示，網際網路非但沒有打破隔閡，網網相傳的偽文反而更加深化對立與偏見。

對立與偏見，是雋永的文學題材；情感的侷限與悲劇，正是永恆的文學母題：經典文學是如此，當代文學也不例外。「經典」曾為過去的「當代」作品。當代讀者需要當代文學，才能探究當代難題，樹立新的經典以為傳世。

文學記錄了一頁又一頁失眠的夜。閱讀的進行式一旦開啟，沒有別人能夠代班。閱讀，徹夜未眠：書本上的那道曙光，格外燦爛。

本書能順利出版，首先要感謝立緒文化鍾惠民總編輯的肯定，林書琦、王怡之編輯的用心。本書文章曾見於《中國時報》、《聯合報》、《國語日報》，很感謝各報主編的細心編輯。

尤其要特別感謝《中國時報》開卷前主編周月英。有賴她對文學評論的重視，本書大部分的文章才得以發表。她對文字的堅持與尊重，實屬力行閱讀進行式的表率。在此要藉法國文豪左拉的座右銘，向她表達最深的謝意與敬意：「每日一句，筆耕不輟」（Nulla dies sine linea）。

鄧鴻樹

二〇一六年十二月十五日於台東卑南

第一式

走入良夜，
閱讀經典作家

1 船長徹夜未眠：船長作家康拉德

船長如願成為作家，換來的代價卻是無人輪班。寫作猶如值更，是不可懈怠與死亡的對峙。

午前更

在英國文學課堂上講授康拉德（Joseph Conrad, 1857-1924）的《黑暗之心》，看見學生茫然勤作筆記的樣子，不禁想起當年這本小說也曾令我十分困惑，直到我遇見「微笑的河馬」。

「微笑的河馬」當然不是動物園的河馬，而是漢普森教授的暱稱。我在倫敦大學英文系跟了他五年，研究康拉德。剛開始每週定期會面，商討研究計畫，最常談到的就是《黑暗之心》。說到爭議難解的部分，我常套用文學理論振振有辭地辯論。

他足足有一九五公分高（體重可想而知），滿臉濃密的落腮鬍。聽我用「破英文」面紅耳赤地說著，他不會像其他教授那樣一臉冷峻。他會咧嘴笑笑，輕聲說，「嗯，對……」。

研究室的百葉窗總是緊閉的，書庫般昏暗的氣氛中，我看不清他的臉，只記得他在堆滿文稿的書桌前咧嘴笑的樣子，展現懾人的學識，就像「微笑的河馬」，可愛又可畏。

漢普森教授從不「教」我什麼。《黑暗之心》這部經典連英國學生都讀不懂，何況是連查字典都查到手軟的外籍生。我千里迢迢而來，看在學費的份上，期盼教授能替我解惑，應該不算奢求。

《黑暗之心》到底是什麼意思？有次會面我趁機提出這個終極問題。

教授一如往常望著我，笑而不答。不過，看我這次疑惑中略帶煩躁，他終於鬆口，以喝下午茶的悠閒口吻說：「週末有空不妨去坎特伯里走走。」

午後更

坎特伯里位於英國東南部肯特郡，是歷史悠久的古城。灰濛的石巷瀰漫著《坎特伯雷故事》的中世紀氣氛。波蘭裔的船長康拉德在英國定居，改行當作家，大半輩子就住在肯特郡。

他在離多佛海岸不遠的小農莊裡，用後天習得的「第三外語」奮力寫作（除母語外，他法語極為流利），度過創作的低潮，經歷事業的巔峰。一八九八至一九〇七年間相繼完成經典小說《黑暗之心》、《吉姆爺》、《諾斯楚摩》（*Nostromo*）。他於一九二四年辭世，就葬於坎特伯里。

坎特伯里墓園就像許多古老墓地，遍地青苔，灰白十字架雕有溫情天使。游走的烏鴉幽然縹緲，捎來黑色的神祕。

康拉德的墓碑突兀地聳立在這片古意盎然的墓園裡。沒有救贖的十字架，沒有撫慰人心的天使，只有一塊缺角的花崗岩柱，粗糙未琢，彷彿是古文明遺留的神祕石柱。細看之下，更像是從天而降的遠古隕石，謎樣的天外之物。

有人提出「生命外來說」，認為隕石的撞擊帶來必要元素，燃起生命之火。康拉德算是英國文學從天而降的震撼賜禮。一個失業的船長自學英文不過十餘年，短暫的寫作生涯竟開啟了現代文學的序幕。

他的墓誌銘如海市蜃樓般浮現在我眼前：

> 辛勞後安穩地睡，風暴後平安歸港，征戰後舒暢休息，走過一生後就死，
> 真令人心滿意足。

這句話出自十六世紀詩人史賓賽（Edmund Spenser, 1552-1599）的《仙后》（*The*

Faerie Queene），本為蠱惑英雄自殺的妖言。作家果真甘心接受永眠的誘惑？

在墓園的那個陰冷下午，我感受到作家黯灰缺角的墓碑嵌入地表的不安態勢。康拉德瀕死的寫作正如隕石般勢不可擋，在異地留下生命烙痕，也埋下源源不絕的創作熔岩。

暮更

坎特伯里有間博物館，展示古城豐富的文化遺產，最傲人的當然是「英國文學之父」喬叟的展覽（《坎特伯雷故事》的作者）。康拉德的遺物也是常設的展示。他的書桌最令我難忘，在「很英國」的環境裡給人一種不搭調的感覺。

那是張不起眼的圓桌，又舊又小。擺在角落的樣子就像賣入二手店的茶几，毫無光采。但對這位每天寫不到三百字的作家來說，書桌小了點，根本無關緊要，容得下稿紙就夠了。但他卻連小一號的稿紙也都無法填滿。

他就在那張桌上完成傳世鉅作《黑暗之心》。我想到故事的結尾：

我抬起頭來。一大塊烏雲黑壓壓地落在海平面上，那條通往天涯海角的寂靜大河在陰霾下陰沉地流著——彷彿流向無邊無際的黑暗之心。

我似乎看到作家仍在桌前撕毀一張張無用的文稿。寫作無成，就寫信吧。他寫道：

我每天煞有其事地坐在書桌前寫作，每天八小時——僅此而已。整整八個小時，我寫了三句話。我把句子塗掉後，起身離開，絕望無助。

寫作是場未竟的夢魘。漫漫長夜令他更加痛苦，夜裡常自言自語，用波蘭語、法語、俄語與構思中的人物交談。寫作的聲音是異域的聲音。噩夢眾聲喧嘩。

《黑暗之心》的主角馬羅是飽經風霜的水手，善於說故事。作家跑船二十年，也是不折不扣的水手，談起海，總是說個不停，露出難得的喜悅。

康拉德曾自嘲說，「我不創作，而是編故事。」航海閱歷提供他許多素材。可是，這位船長作家腦海裡的大海過於私密，很難直接以文學語言「編出」故事。船長能言善道，作家卻每每遇上創作瓶頸。他不想成為通俗作家。《叢林故事集》的作者吉卜林（Rudyard Kipling, 1865-1936）享有盛名，推崇殖民地的冒險精神，深受歡迎。康拉德雖偏好類似題材，但他對吉卜林從無好感。康拉德知道只有自己最瞭解遙遠的地方，也只有他才能透視叢林深處的迷霧。

他沒料到會走不出心中的大海與記憶裡的叢林。回憶竟成為整人符咒，寫作的折磨更勝於海上暴雨、厄夜叢林。他無助地傾訴：

> 我非寫不可，不然頭腦會爆開……我想自殺，眼前一片黑暗。

船長如願成為作家，換來的代價卻是無人輪班。寫作猶如值更，是不可懈怠與死亡的對峙。

午夜更

這趟「朝聖之旅」令我難以忘懷。我如願參訪了作家的第二故鄉，憑弔了他的墓，首次感受到康拉德濃厚的異國色彩。「微笑的河馬」要我發掘的並非《黑暗之心》的涵義，而是作家獨有的「黑暗之心」：異客的黑暗，異色的黑暗……

這位在英國成家立業的作家其實是「很不英國的」。他的舉止流露濃厚的東歐風，說英語時口音既重又不標準，甚至連家人都不知道他在說什麼。難怪大家都叫他「俄國公爵」。

他患有嚴重的痛風，關節經常發炎，妨礙寫作。有天兒子帶他去看病，回家途中見父親不發一語，以為病情惡化，就很焦急地詢問。康拉德淡淡地說：「醫生告訴我，你快死了。」兒子聽到這個噩耗差點昏倒，細問後才明白是虛驚一場。原來，醫生指的是消炎用的「碘酒」（iodine），康拉德竟說成 uredyne，聽起來就像 you are dying（你快死了）。

在異國待久了就可克服語言障礙。然而母語如跳動的脈搏，擺脫不了的初生悸動。《黑暗之心》出版後，康拉德寫下一篇小故事──〈愛媚．霍士特〉（"Amy Foster"）──徹底道出「外國英語」的辛酸。

可能是要趁機享受初夏好天氣，這篇故事不是在那張桌上完成的，而是他唯一在戶外寫成的作品。故事背景正是肯特郡。一艘搭載歐洲移民前往美國的客輪遇上風暴，在肯特郡近海沉沒，倖存的生還者被沖上岸，是位波蘭人。鎮民見他長相奇特、「胡言亂語」，以為是逃跑的瘋子，沒人敢理他。只有純情的愛媚同情這位外國人，兩人日久生情，最後結婚生子。

有天這位波蘭人生病發燒，口渴難耐，情急之下就用母語對妻子說：「水，我要喝水！」聽到丈夫著魔般說出怪話，愛媚驚嚇過度，抱起小孩奪門而逃，丟下丈夫孤單地在屋裡死去。異鄉人口中最親切的語言竟如此致命。

來自異地的作家在失眠的夜裡是否也幻想著相同的悲劇？

從坎特伯里回來後的那週適逢期末，教授忙著批改作業，沒空與我會面。我也忙著用功，就沒再找他。

聖誕節前幾天，深夜裡電話突然響起。我連忙拿起話筒，以為有什麼急事。「你還好吧？」電話那頭「微笑的河馬」問道。「報上說，聖誕假期外籍生自殺率最高。好久沒碰面了。坎特伯里好玩嗎？明天請你吃飯。在那家書店等你。」

「那家書店」指的是中國城附近一家舊書攤。教授讀大學時有次路過，看到櫥窗裡居然有一九二三年出版的《康拉德全集》，完好如新的二手書。他只用口袋的零錢就把整套買下。這些「珍本」至今仍擺在他家。

教授在書店與我碰頭，忍不住又重提這段往事。我運氣也不賴，那天買到康拉德的《青春故事集》，也是一九二三年版。書裡第二篇故事就是《黑暗之心》。

在中國城飽餐一頓後，教授說那種「像醬油的酒」（紹興酒）實在可怕，提議到泰晤士河畔的 pub 換個口味。

我們避開大街，沿著倫敦蜿蜒的石巷邊走邊聊。我說，坎特伯里也有這種小巷。教授瞇眼笑而不答。走著走著，他突然說，你看，前面就是泰晤士河，《黑暗之心》結尾的那條陰沉大河。

在濕冷的冬風裡，我縮著身往東方望去。那是出海口的方向，肯特郡的方向。

我捧著剛買的《青春故事集》，抬起頭來看著「微笑的河馬」。我也咧嘴笑笑。

他知道我不會再計較「黑暗之心」的答案了。我也知道那晚回家後，翻開《青春故事集》，我將開啟一頁又一頁失眠的夜。

下次半夜輪我打電話給你，我對教授說。

2 力行孤獨美學的偵探小說家：保羅・奧斯特

繆思牢房裡的自願囚徒。

保羅・奧斯特（Paul Auster, 1947-）是當代美國文學最具歐洲風格的作家。他是諾貝爾文學獎得主柯慈（J. M. Coetzee, 1940-）的心靈導師，也是英國小說家魯西迪的摯友。奧斯特擅長以偵探小說的形式處理深奧的存在主義議題。成名作《紐約三部曲》（1987）以卡夫卡式的偵探小說開創哲學小說的新天地，獲頒「法蘭西文化獎」（1989）。一九九六年他更榮獲西班牙崇高的「阿斯圖里亞斯王子獎」（Spain's

Princeof Asturias Prize），同年獲選為美國「藝術與文學學院」院士，奠定經典地位。

他筆下的人物總陷入命運、身分與意識的交疊裡，虛實錯置的故事具大眾文學的廣度，又不失哲學的深度，很受讀者喜愛。他的作品淺顯易讀，但情節撲朔迷離，十多本小說皆環環相扣，彷彿一部迷宮似的鉅作，記錄人生永恆的神祕。

一枝筆投入寫作世界

作家是個棒球迷，小時候曾在球場巧遇知名球星，害羞的他欲索取簽名，卻發覺沒有帶筆，只好眼睜睜看著偶像離去。他誓言以後一定要帶筆，從此筆不離身，並養成記事的習慣。《紐約三部曲》隱藏真相的「紅色筆記本」，就是源自作家的隨身筆記本。

一枝筆開啟寫作之路，不過這條路走得非常艱辛，是不斷流浪與失敗的過程。他立志專業寫作，不願找全職工作。大學畢業後為餬口，做過船員。後來流浪到巴黎，窮苦潦倒，還當過農場管理員。回美國時，積蓄只剩九塊美金。為維持生活，曾研發棒球紙牌遊戲，無奈沒有廠商配合而淪為一場空。這段期間他靠書評與翻譯勉強度日，《失意錄》（1997）忠實記錄了他早年的困頓。

奧斯特最值得敬佩之處，在於無畏現實的殘酷，走出自己的路，寧願餓肚子也不願放棄夢想。《紐約三部曲》首部曲《玻璃之城》（1985）曾被十七家出版社拒絕，像廢紙般在抽屜擱置好幾年。他的毅力也反映在生活上：不用電腦與手機，堅持用筆寫作，用古董打字機繕打文稿。不理會自己作品的書評，更不願為迎合市場而修改創作方向，每天一字一句徹底實踐十九世紀法國文豪左拉的座右銘：「筆耕不輟」（Nulla dies sine linea）。

人生充滿巧合與意外

奧斯特的小說內容曲折，許多極具自傳性的情節，改編自他本身的離奇遭遇，令讀者感到驚奇。

《玻璃之城》的主角因打錯的電話而捲入神祕事件。現實生活裡，作家也接過一通很玄的越洋電話：對方不是惡作劇，要找的人竟與《玻璃之城》的主角同名。

作家有次在巴黎投宿於一間不知名的旅館，入住時意外發現桌底有張寫給先前房客的便條。原來那位才剛退房的房客是他失聯多年的好友。最離奇的是他曾收到一封退回的郵件，寄件人居然是他自己。他不認識收件人，也沒寫過那封信。打開一看，信裡所寫的內容竟有關自己的小說。

戲劇化的特殊經驗不僅讓他咀嚼人生的無常，更影響他的寫作風格。奧斯特還將離奇遭遇集結成書，收錄於《紅色筆記本》（*The Red Notebook*, 1992），堪稱當代文學裡唯一以真實巧合為主題的自傳散文集。讀者感嘆「人生如戲」之餘，更加體會奧斯特的心境。

他中學時曾親眼目睹閃電擊中身旁的同學。這件與死神擦身而過的意外對他打擊甚大。後來在他寫作的初期，每天盼望生活能有著落，在最絕望之際，父親突然過世，留下遺產讓他得以安心寫作。這些陰錯陽差的事件徹底改變他的人生觀，「意外人生」成為他最關注的焦點。

孤獨美學的實踐家

作家與父親關係疏遠，父親過世後，為重塑父親的相貌，寫下《孤獨及其所創造的》（1982）。本書前半部以孤獨的父親為主題，如偵探辦案般抽絲剝繭，是很有實驗性的回憶錄。在一連串巧合中，他意外發掘有關父親的駭人祕密。本書後半部是作家書寫自我的回憶錄，以偵探筆記的架構將自己化為書中角色，記錄走上寫作之路的省思。

從《孤獨及其所創造的》衍生出的《紐約三部曲》，是奧斯特最受推崇的作品，包含三段神祕的偵探故事：《玻璃之城》（*City of Glass*, 1985）、《鬼靈》（*Ghosts*, 1986）、《禁鎖的房間》（*The Locked Room*, 1986）。這些故事藉後現代小說的後設手法，打破現實與虛構的分野，思索孤獨、語言與意識的關聯，深受讀者歡迎，暢銷世界各國。

「禁鎖的房間」成為奧斯特所有作品的關鍵意象：孤獨的主角為探尋自我，陷入回憶的囚牢。《書房裡的旅人》（2007）主角在密室裡閱讀手稿，精采呈現永恆的哲學謎題：「我到底是誰？」

柯慈曾說，奧斯特的最佳寫照為「繆思牢房裡的自願囚徒」。這句話一語道破奧斯特的中心思想——他正是「書房的旅人」，將孤獨美學發揮極致，讓讀者更加敬佩他三十多年來的寫作付出。

3 ─ 小說戰場的影武者：魯西迪

在小說的戰場上衝鋒陷陣。

一九八九年二月十四日情人節是當代英國文學最不浪漫的一天：《魔鬼詩篇》（1988）的作者魯西迪（Salman Rushdie, 1947-）被控「褻瀆」伊斯蘭，遭伊朗穆斯林領袖下達「追殺令」。作家被迫隱姓埋名，過著長達十年的躲藏生活。

《魔鬼詩篇》引起英國國內與海外多起示威，加劇伊斯蘭世界與西方的對峙，造成抗議群眾、出版商、甚至譯者等多人死傷。各界支持與撻伐聲互不相讓，當代文學淪為史無前例的戰場。

魯西迪作品獲獎無數，二〇〇七年榮獲英國女皇封爵，以彰顯其文學成就。魯西迪事件至今仍餘波盪漾，作家目前暫居美國，生活仍籠罩著威脅的陰影。

奇幻文學裡尋根的中學生

魯西迪是印度裔英國小說家，一九四七年六月生於孟買；同年八月印度脫離英國統治，開啟後殖民序幕，巧合中預告作家與歷史糾纏的宿命。

他家境優渥，在印度讀完小學後，被送往英國著名的寄宿中學。魯西迪與父親關係疏遠，父親酗酒與家暴問題讓他樂於遠赴異地，離鄉漂泊。

一九六〇年代正逢英國社會紛擾，族群關係緊張；那段期間他飽受歧視，過著不愉快的中學生活。他意識到「身為外國人的原罪」，並逐漸發覺，不管有多努力想融入英國社會，仍不被接受：「這個世界就是有人不喜歡你。」

魯西迪的中學生活雖不堪回首，但課業表現十分優異，深受老師賞識。他在歷史老師的引介下，首次閱讀《魔戒》，初嘗魔幻文學的魅力。他也迷上科幻小說，從此深陷奇幻世界而「無法自拔」，對往後寫作風格有深遠的影響。

歧視下覺醒的大學生

魯西迪於劍橋大學攻讀歷史，在精英殿堂又更加體認文化疏離的苦處。不過，他為準備畢業考而有意外收穫：在博學的教授指導下，有幸研究伊斯蘭歷史，鑽研有關先知遭魔鬼誘惑的禁忌神話。多年後這段經歷將造就最具爭議性的《魔鬼詩篇》。

回顧大學生活，魯西迪常提及三件趣事，自我調侃之餘，也寓言般自剖人生觀的轉變。

劍橋校園染上巴黎學運的造反風潮，某天激進派學生居然提了桶廚餘闖入魯西迪的房間大肆破壞。事後校方竟通知他必須為此負責，並需賠償，不然無法畢業。他感到非常冤枉；但為了畢業又不得不妥協。「廚餘事件」讓他學到寶貴的教訓：

往後面對蠻橫，他再也不會讓步。

魯西迪穿棕色皮鞋參加畢業典禮，並未依規定著黑色皮鞋，被當眾揪出。他為了畢業只好飛奔至宿舍換鞋，趕在學位頒發前一刻才及時歸隊，非常難堪。魯西迪日後深切反省此「換鞋事件」，從那天起，他決心堅守「立足點」，拒絕屈服於「跟大家一樣」的壓力。

領取學位時，劍大生需以跪姿面對院長，並俯首以拉丁文懇求學位的頒布。他不禁自問，為何總需低頭乞討應得的權利？這段經歷讓他明瞭昂首的重要，「絕不低頭」將成為日後支持他繼續寫作的勇氣。

挑戰禁忌的小說家

大學畢業後他在演藝與傳播業換了幾個工作，任廣告文案長達十年後才改行專職寫作。這位印度裔「新移民」深刻咀嚼多元文化裡身分認同之苦，漂泊的生活將引爆他日後創作的烈焰。

魯西迪在劍橋學到最寶貴的課題就是如何傾聽歷史的聲音——人民的聲音。他的主要作品皆以遊子的觀點還原歷史之聲。《午夜之子》（1981）以誕生於印度獨立日的小人物串連起一部奇幻大歷史，光怪陸離的人生有著萬花筒似的情節。本書為魯西迪最受推崇的作品，獲英國布克獎，也兩度榮獲傑出布克獎。

同期名作《羞恥》（1983），以荒謬的家族糾葛諷刺巴基斯坦的政治與生活。《摩爾人的最後嘆息》（1995）則透過混血兒的奇幻冒險，探討印度社會的混雜與離散。

這些作品皆充滿濃厚的民間文學風格，滔滔不絕的敘事者道出千變萬化的情節，令人目不暇給；多重的劇情有如《一千零一夜》，彰顯以神話傳說為主的口說文學傳統。

《魔鬼詩篇》敘述兩位印度裔演員因空難「從天而降」，在英國如天使與魔鬼般展開一段驚奇之旅。誇張的情節虛實交錯，現世與歷史的糾結打破「文化不可侵犯」的窠臼，是當代英國文學的異數。

魯西迪認為，文化是無數人生累積而成的產物，混雜各種聲音，作家要有勇氣在喧囂裡傾聽深層的雜音，追尋融合的動能。英美文學已有許多名作就基督宗教傳統探討類似主旨；但唯有《魔鬼詩篇》處理其他作家迴避的伊斯蘭議題。並非所有人都同意魯西迪的看法，尤其是他的無神論。魯西迪注定要為創作的堅持付出代價，在小說的戰場上繼續衝鋒陷陣。

4 上刀山做自己：毛姆與《剃刀邊緣》

人性的枷鎖再現。

《剃刀邊緣》出版於一九四四年，是毛姆（W. Somerset Maugham, 1874-1965）晚期最知名的小說。自一九一五年發表成名作《人性枷鎖》，他已活躍於英美文壇三十餘年，以許多具有異國風采的短篇故事與膾炙人口的劇作聞名於英語世界。

毛姆寫《剃刀邊緣》時年近七十，算功成名就，可依照自己的意思盡情創作。小說初稿完成後，他於信中寫道：「寫這本書帶給我極大的樂趣。我才不管其他人覺得這本書是好是壞。我終於可以一吐為快，對我而言，這才是最重要的。」

作家寫得盡興，讀者反應也超乎預期的熱烈。《剃刀邊緣》描寫「英國人眼中的美國人」，美國讀者特別捧場，出版首月在美國就狂銷五十萬冊，令毛姆很有成就感。他在信中對姪女說：「這把年紀還能寫出一部如此成功的小說，我感到十分滿足。」福斯公司很快就以高價買下電影版權，兩年後推出改編電影，入圍奧斯卡最佳影片等多項提名，並勇奪最佳女配角獎，更加打響原著小說的知名度。

「活著到底是為了什麼，人生究竟有沒有意義，還是只能可悲地任憑命運擺布？」主角勞瑞在未婚妻面前說出內心的疑惑。這位青年為何忽然解除婚約，放下一切，到海外過著不務正業的放逐生活：這就是《剃刀邊緣》的故事。

本書具備毛姆作品的代表元素：強烈的自傳性、劇中劇的多重敘事手法、遊走的地理背景、露骨的情慾、禁忌的題材，以及對社會邊緣人的紀實描寫等，文筆淺顯，展現典型的毛姆風格。

與毛姆其他作品相較，《剃刀邊緣》的地位尤其特殊，因為，這是他唯一一本以自己真名為敘事者的小說，說故事的作家就叫「毛姆」：「本書集結了我對一位男性友人的回憶」。書中人物雖都「另取其名」，情節為避免枯燥有所增添，可是，內容卻「毫無虛構」，都是源自毛姆與友人的親身經歷。本書既像傳記，也像回憶錄，情節更如小說般精采。因此，毛姆開宗明義指出，「我之所以稱其為小說，純粹因不曉得還能怎麼歸類」。

生命的大哉問

本書題辭揭示，「剃刀邊緣」一詞出自印度教聖典《卡達奧義書》（*Kathopanishad*）：悟道之途艱辛困難，如同跨越鋒利的剃刀。若救贖之路必經刀山，找到答案的代價為何？這就是故事主角勞瑞心中的疑惑。若真有人在刀山上找到答案，那該如何看待山下的俗世呢？這就是毛姆撰寫本書的因由。

一次大戰時，勞瑞曾服役於空軍，有次出任務遭遇空戰，軍中最要好的同袍犧牲性命救他，改變他的人生觀。他的未婚妻是芝加哥豪門千金，對婚姻與事業早有安排。無奈，勞瑞退伍後，完全變了一個人，不上大學、不結婚，也不願就業，執意獨自到巴黎遊覽。

勞瑞出身卑微，雙親早逝，從小被一位醫生收養，得以躋身上流社會。不過，他不願追求崇尚名利的美國夢，戰時經驗讓他省思生命的意義：「我想確定究竟有沒有上帝，想弄清楚為什麼有邪惡存在，也想知道我的靈魂是不是不死。」

此大哉問與他的飛行經驗有關：他在浩瀚無垠中高飛，想要「遠遠超越世俗的權力和榮譽」。可是，戰友之死讓他驚覺生命之無奈與不可超越：上帝「為什麼要創造邪惡呢？」他於是拋下親友，到歐洲遊歷，一路自我充實，最後卻對西方宗教哲理徹底失望。後來，他遠赴印度，在一位象神大師的靜修院受到啟發，頓悟了生命的真義。

亂世的眾生相

毛姆並未寫出一本說教氣息濃厚的傳道書，而是秉持小說家的敏銳觀點，冷眼旁觀生命的沉重，並以遊記的輕鬆口吻與言情小說的情節，層層包覆令人不勝唏噓的人生真貌，這是《剃刀邊緣》最成功的地方。

故事主軸建立在勞瑞與未婚妻伊莎貝的觀念衝突。伊莎貝認為追求知識「聽起來不太實用」，投入職場才是男人應盡的責任。她對滯留巴黎的勞瑞說：「你是美國人，並不屬於這裡……歐洲玩完了，我們是全世界最偉大、最強大的民族。」勞瑞為「解答明知解決不了的問題」，拒絕成家立業，被視為不成體統：「男人就該工作，這才是人生的目的，也才是造福社會的方法。」

若伊莎貝代表實用主義，她家財萬貫的舅舅艾略特則象徵物質主義。這位美國大亨長年在歐洲揮霍，捐錢助人只為掩飾對生命的無知；在歐洲置產過著浮華生活，也僅為麻痺對死亡的恐懼。毛姆眼中的歐洲充斥許多沉淪與腐化的人物，書中後來在法國蔚藍海岸發生一場駭人的命案，更加深化美麗世界的醜陋。

《剃刀邊緣》背景設於一九一九年至一九四〇年代兩次世界大戰期間，這是現代史最動盪的年代。書中所刻畫的眾生相，顯然都是亂世的產物。這段期間，歐洲許多國家都有戰事發生，史達林、希特勒等強權崛起，大英帝國衰退，西方社會問題嚴重。書中人物遊走於巴黎、倫敦與其他歐洲大城，雖不見戰火餘燼，實已悄然捲入另一波歷史巨變。

相較於歐洲不安的局勢，兩次大戰期間美國逐漸壯大，成為興起國家。不過，一九二九年華爾街股市崩盤，造成長達十年的經濟大蕭條，引發嚴重的政經與社會問題。當歐洲動亂之際，追求功利的美國夢也逐漸顯露醜惡的一面。一九四九年亞瑟·米勒（Arthur Miller, 1915-2005）發表《推銷員之死》，推銷員的長子堅持做自己、不作美國夢，實與同時期的《剃刀邊緣》有異曲同工之妙。

沉默的結局

現實生活裡，毛姆與勞瑞一樣，心底都有沉重的祕密。毛姆雖結婚生子，卻多年隱藏同性戀的身分。同性戀在當時英國是可受公訴的罪刑。一八九五年毛姆二十一歲時，劇作家王爾德因同性戀受審，遭受極大屈辱。此事件對毛姆有深遠的影響，日後他善於處理不倫、醜聞、肉慾等違背道德的禁忌題材，其創作動機應出自內心深層的吶喊。

毛姆為逃避英國社會與文化的壓抑，長年旅居國外，甚至定居於法國蔚藍海岸的小鎮。他對東方文化很感興趣，可能是因為東方對身體與慾望的看法，有別於講求原罪的西方。

一九三八年，毛姆為親身瞭解印度教的內涵，特地遠赴印度蒐集資料，並前往馬達拉斯（Madras）附近一處靜修院，拜見聖哲拉馬納・馬哈希（Ramana Maharshi, 1879-1950）。等待期間，毛姆突感身體不適，當場昏倒。馬哈希得知這個消息，前去探望，不發一語與毛姆對望半小時。聖哲最後說，「沉默也是一種對話」，毛姆深獲啟發。

勞瑞「漫長的旅程，起始於對邪惡的疑問」。他在亂世中尋求生命的意義，在遙遠的東方接受靜思的洗禮：「象神大師常說沉默也是種對話」。他懵懂求知期間，經歷男女荒唐事；悟道後，計畫返回美國，「回去過活」，可是，竟「從此無消無息」。勞瑞是否與作家一樣，內心深處都有掙脫不了的束縛、俗世眼中不可告人的「邪惡」？

有些疑問，「可能原本就沒有答案」。這應是毛姆最後無法論斷勞瑞功過的緣故：「勞瑞的故事到此為止，固然差強人意，但我莫可奈何」。對讀者而言，也是如此。《剃刀邊緣》結局沉默的餘音中，人性的枷鎖再現，無從解脫。

5 浪漫醫學的不老騎士：奧立佛・薩克斯

結合文學與科學的創作，寫下當代浪漫醫學的典範。

二〇一五年《紐約時報書評》年度選書，有一本神經科醫師奧立佛・薩克斯（Oliver Sacks, 1933-2015）的自傳《勇往直前》。這位醫生作家為英國人，在紐約行醫近半世紀，擅長把臨床個案寫成探索心智的奇特故事，著有《錯把太太當帽子的人》、《火星上的人類學家》等暢銷作品。

薩克斯畢生致力以生動的文筆記錄充滿人性的疾病故事，投身臨床醫學，自喻為「從事田野調查的神經人類學家」。遺憾的是，他於二〇一五年八月辭世，自傳成為生前出版的最後一本書，令讀者十分不捨。

代表作《睡人》讓外界首次窺探昏睡型腦炎不為人知的心理世界，並以結合文學與科學的「診間寫作」，發揚歐洲自然學家擅於描寫的悠久傳統。本書榮獲一九七四年霍桑登文學獎（Hawthornden Prize），羅賓．威廉斯主演的改編電影上映後，薩克斯很快成為家喻戶曉的作家。

化學元素的人生哲學

薩克斯熱愛化學元素週期表，從小以元素編號慶祝生日。十一歲生日時，他很興奮成為「鈉」（十一號元素）；七十九歲時，則很樂意當「金」。他晚年看到桌上的四號元素鈹，心頭總會浮現兒時回憶與充實的人生。元素表井然有序，彷彿生命曆書，讓他以知命感恩的心看待歲月。

他個性內向，不擅與人交際，逝世前剛過完八十二歲「鉛生日」。鉛雖平凡，卻能阻絕致命的放射物質。薩克斯研究對象皆為病房裡不起眼的小人物，他與病患皆如鉛般低調，卻也都在平凡中活出不凡的人生。

薩克斯的桌上有一小盒鉍（八十三號元素），罹患癌症的他說：「我應無緣過八十三歲生日了，不過，身旁的鉍總讓我充滿希望。這個不起眼的灰白金屬常被人忽略，我卻對它情有獨鍾，就像看到被排擠、受到冷落的病人。」

「我們不能單以機械運作或化學反應的觀點打量疾病。」神經病患雖活在另一個世界，他們蛻變的世界也同樣具有人性。因此，他「總想多瞭解病人的故事與他們的人生」，力行替弱勢發聲的鉍哲學。他到府出診從不收取費用，因為，每次問診他都獲益良多，甚至認為自己才該付錢。

狂野的灰狼

薩克斯滿臉落腮鬍，如聖誕老人般和藹可親；不過，害羞的臉藏有狂野的心：「我的個性很強，有狂暴的嗜好，我的興趣沒有節制。」他的中間名為 Wolf

（狼），恰巧隱喻他的另一面。

在舊金山當實習醫生期間，他沉溺於迷幻藥，「每次吸食都是過量」，差點賠上性命。他愛騎重機，脫下白袍隨即換上黑皮衣，週末經常夜衝一千多公里路才回醫院上班。迷上舉重，曾打破當時加州蹲舉紀錄，贏得「蹲舉醫生」的綽號。每日長泳，到晚年依然不變。

他在加州結識旅居美國的英國詩人托姆．岡恩（Thom Gunn, 1929-2004）。兩人有許多共同點，很快成為好友。岡恩曾以機車幫為題，寫下名詩〈奔走〉（"On the Move"）。薩克斯身為重機騎士，很能體認豪邁奔放的哲理，後來他以此詩標題作自傳的書名。

薩克斯氣盛時「自我毀滅」的瘋狂舉止，涉及複雜的心理問題。自傳透露，原因可溯及他十八歲的心理創傷。在他即將成為牛津大學醫學院新鮮人的暑假，雙親意外發現他的同志身分。母親尤其無法諒解，重話斥責：「你令人憎惡，但願我沒把你生下。」

「憎惡」一詞源自《聖經》〈利未記〉禁止同性戀的經文。他父母皆為醫生，母親還是當時少有的女外科醫師，仍無法包容兒子的「不正常」。此事對薩克斯打擊甚大，致使他一輩子充滿罪惡感，壓抑自我，刻意呈現外在的陽剛。他日後選擇探索心智的志業，溫情記錄病患豐富的內在世界，導正世人對「不正常」的偏見，應與早年的創傷有關。

疾病是「人的狀態」

薩克斯二十七至三十二歲陷入憂鬱自殺的泥淖，一九六六年決定尋求心理諮商，重拾人生。五十年來，他每週固定與同一位心理醫生會面。這位醫生幫他度過難關，並教他傾聽的藝術，薩克斯非常感激，將《錯把太太當帽子的人》獻給他。

薩克斯有位哥哥罹患精神分裂症，對家人心理造成極大壓力。薩克斯二十七歲決定離開家鄉，部分原因是為了遠離哥哥的悲劇。不過，薩克斯畢生鑽研神經疾病，算是默默的彌補。

一九六七年二月，他最後一次吸食迷幻藥，幻覺中突然看清人生，九天內瘋狂寫下處女作《偏頭痛》（*Migraine*），對幻覺與時空錯置提出許多創見。薩克斯長年受偏頭痛所苦，本身也有幻覺，後來他深入研究此題材，於二〇一二年發表《幻覺》，呼籲大家正向思考疾病。

薩克斯的成就在於把神經疾病視為「人的狀態」。他在《錯把太太當帽子的人》寫道：「要把人回歸到主體——受苦、被病痛折磨、與疾病抗爭的人，病歷必須更加深入，發展成故事」；唯有如此，才能「看到一個真實的人」。

這位浪漫醫學的不老騎士，勇入沉默未知的神經世界，不僅治病，更要醫人。在謎樣的心理世界捕捉生命火花，記錄人生傳奇。背影如流星，留下美麗世界所需的嶄新元素，溫暖燦爛。

6 ——石黑一雄的黑暗之心

面對歷史傷痕，要如何記取教訓？如何選擇遺忘？

日裔英國小說家石黑一雄，是出名的「慢工出細活」型作家。雖然只花不到四週的時間就完成代表作《長日將盡》，成名後，平均每五年才出版一本小說。《別讓我走》問世以來，他只發表過劇本與短篇故事集各一，已十年未曾有長篇問世。

二〇一四年傳出石黑即將推出新作的消息，有書評家大膽預言，國際書市不會再有更令人興奮的新聞：二〇一五年三月三日，讀者終於盼到石黑的第七本小說

《被埋葬的記憶》。

故事背景為六世紀的古英格蘭，不列顛人與入侵的薩克遜人交戰的烽火年代。因巨龍作亂，亞瑟王遺民染上失憶症，「幾乎不談論過去」。一對老夫婦為喚回記憶，有天決定展開横越惡土的尋子之旅。旅途中，他們遇見身負祕任的騎士，一行人屠龍的過程意外發現圓桌武士的古老祕密。老夫婦最後搭上神祕的渡船前往夢之島，重返回憶的當下，竟喚醒「埋藏的巨人」，歷史終將反撲……

《被埋葬的記憶》讀起來與石黑先前的暢銷作品完全不同。讀者等了許久，等到一部怪書，褒貶參半。連知名奇幻作家娥蘇拉．勒瑰恩（Ursula K. Le Guin, 1929-）都表示，這本書讀起來「很痛苦」。

石黑很好奇讀者對新書的看法，藉 Google 快訊即時掌握報導。新書出版後，他被快訊弄得神經緊張。他發現多數評論不僅誤解他的寫作意圖，還針對新書的奇幻風格大作文章。他甚至透過媒體與勒瑰恩隔空交火。日裔作家對上高齡的奇幻大師，所引發的媒體關注，可謂盛況空前。

跨類型引起爭議

石黑三十多年的寫作生涯，反覆處理歷史與記憶的主題。早期作品如《群山淡景》與《浮世畫家》等皆思索歷史的創傷；成名作《長日將盡》回味往日遺憾；《無可慰藉》（*The Unconsoled*）譜出現代人失憶的命運；《我輩孤雛》與《別讓我走》，都是探索生命源頭的動人故事。面對不堪回首的往事，要選擇記取，還是忘卻？《被埋葬的記憶》忠於石黑歷年的寫作動向，這點普遍受到讀者認同。

可是，許多讀者不解的是，為何石黑偏要選擇六世紀的古英格蘭為故事背景，並帶入巨龍、精靈等「奇幻」素材？

石黑雖早已料到這個問題，心中仍覺不安，二〇一五年二月十九日接受《紐約時報》專訪時問道：「讀者能否融入書中的世界？他們會瞭解我的用意，還是會對表面要素有所偏見？他們會認為這是奇幻嗎？」

這番話在奇幻作家聽來，顯得格外刺耳。《地海》系列作家勒瑰恩首先發難指出，石黑試圖發揮奇幻文學潛能的同時，居然將龍、怪等視為「表面要素」，刻意保持距離，明顯自我矛盾：「看樣子，作者認為奇幻兩字是種侮辱。」

石黑的發言與勒瑰恩的批評，引發兩極化的論戰。石黑在倫敦一場座談會上特別澄清，他毫無歧視類型小說的意思。勒瑰恩得知這件事隨即發文解釋，自己也非刻意激起口水戰。不過，她仍不解，為何石黑在專訪時會自問那種問題。看來兩陣營的隔閡不是幾句話就能輕易消除。《被埋葬的記憶》無意間觸及文學小說與奇幻小說互相避免「被貼標籤」的防衛心態，是石黑始料未及的。

作品的象徵意圖

十幾年來，石黑一直想寫有關社會集體記憶的問題：日本對於二次大戰的態度、東歐的種族淨化、九一一事件等。面對歷史大事件，社會能選擇遺忘嗎？他絞盡腦汁思考要如何以小說的形式介入這個議題，遲遲未能下筆。有天，他偶然讀到中世紀英國文學名作《高文爵士與綠騎士》（*Sir Gawain and the Green Knight*），才恍然大悟。

日裔作家的身分加深石黑寫作的自覺。他把新書的初稿拿給英籍妻子過目，沒想到妻子讀不下去，建議重寫。他後來果真從頭來過，將語句修飾到連妻子都覺無可挑剔的程度，掙扎好幾年才把書寫完。

石黑運用奇幻手法，意圖營造寓言性的疏離感：敘事語言源自中世紀古老陌生的英語，極簡的對話充滿沉默，呈現集體失憶的氛圍。疏離的手法能讓故事跳脫地域侷限，顯示普世問題。

此自覺的創作意圖，不僅與村上春樹、保羅・奧斯特、大衛・米契爾（David Mitchell, 1969-）等當代作家一致，也承襲英國另一位著名「外國作家」康拉德的經典特質。

康氏名作《黑暗之心》描寫「把野蠻人統統幹掉」的真相，象徵性的背景源自但丁《神曲》，「不太明朗，可是又讓人有所領悟。」

循《黑暗之心》的腳步，《被埋葬的記憶》繼續思索困擾文明社會的無解問題：倘若國族災難的真相如噩夢般不可言宣，歷史有沒有初醒的可能？悲觀的康拉德寧可選擇謊言，因真相僅是噩夢不同的版本；石黑則以抒情朦朧的文筆，極具政治批判的跨類型手法，道出選擇噩夢的必然。「埋藏的巨人」所蘊藏的黑暗之心，駭人的程度，不言而喻。

7　淚灑莎莉花園：伊恩．麥克尤恩的悲劇人文主義

歐美年輕人受宗教極端主義蠱惑的問題日益嚴重。英國小說家伊恩．麥克尤恩有悲劇性的剖析。

二〇一五年一月，法國巴黎發生恐怖攻擊事件，嫌犯都是土生土長的法籍青年。美、澳、歐洲等國，近年都曾傳出有本國籍年輕男女前往敘利亞加入恐怖組織。歐美各國面臨本土年輕人受宗教極端主義蠱惑的棘手問題。

後九一一時代，西方「新無神主義」興起，以科學觀點反思宗教信仰。恐怖組

織假宗教之名進行恐怖活動，新無神論者認為肇因於「非理性」的宗教信仰。英國生物學家理查・道金斯（Richard Dawkins, 1941-）在《上帝的迷思》（*The God Delusion*）指出，「信仰可以非常、非常危險，若刻意灌輸至孩童脆弱單純的心裡，將是莫大罪過。」

英國作家克里斯多福・希鈞斯（Christopher Hitchens, 1949-2011）著有《上帝沒什麼了不起》，鼓吹「新啟蒙運動」，呼籲重拾以文學與科學為導向的理性主義。論點雖然充滿爭議，不過，從書籍暢銷程度來看，新無神言論逐漸受到重視。

麥克尤恩的新無神觀

英國當代作家伊恩・麥克尤恩（Ian McEwan, 1948-）是希鈞斯好友，也是道金斯的支持者。除了因《魔鬼詩篇》被「追殺」的魯西迪，當代英國文壇就屬麥克尤恩最勇於批評宗教。二〇〇一年九一一事件爆發，他認為宗教信仰讓恐怖份子失去人性，就此確立無神觀點。

麥克尤恩表示，恐怖份子心態須以「人性觀點」理解，宗教問題須回歸人性層面討論。他「不相信道德感是來自上帝」，因為，道德是「凡人才有的，是普世的，是由同理心生成的」。此人文主義觀點明顯異於黑白分明的科學無神論。科學家如史蒂芬．霍金等認為，科學不需上帝就足以解釋生命奧妙；麥克尤恩作品則顯示，沒有上帝的世界，麻煩才正開始。

麥克尤恩名作《愛無可忍》，以宗教狂熱份子的情感糾結，呈現信仰與理性的衝突。最新力作《判決》以同樣著重人性的觀點，承襲《初戀異想》、《水泥花園》等早期作品，致力探討年輕世代道德迷惘的問題。

宗教與法律的衝突

《判決》主角為英國高等法院家事法庭女法官，工作上需處理涉及宗教與道德的糾紛，生活上遭遇婚姻危機。有天她接獲通知，須裁定一件特殊案件：一名十七歲血癌病患因宗教信仰拒絕接受輸血，有生命危險，醫院盼能依法強制醫療。

羅癌少年來自虔誠的約和華見證人家庭，反對輸血。女法官親自前往醫院詢問意見，發覺少年自願為宗教「殉道」。法官膝下無子，見少年單純又充滿熱情，宛如她「應有」的兒子，於是發揮母性，裁定強制醫療，給他重生的機會。

此舉雖挽回少年一命，卻讓他失去信仰與生活意義：「失去信仰的他一定發覺人生是如此廣闊、美麗與令人畏懼。」少年短暫康復，寫信求助於女法官，甚至逃家，「前來找她，想要的東西就跟大家一樣，只有自由意志的人——而非神——能給他。意義。」女法官無法回應少年要求，臨別時做出逾越身分的舉動，悲劇注定發生。

《判決》闡示，信仰與理性的衝突，不是訴諸無神論就能輕易解決。法院「正確」判決，雖代表理性主義的勝利，可是，少年事後面臨的信仰空虛，則意味理性道德的無用。要相信什麼？為什麼過活？少年滿十八歲後，拒絕繼續接受輸血，以死表達對宗教與俗世的雙重絕望。

人文主義的悲劇

新無神主義認為，當代只要能擺脫宗教「不良影響」，回歸科學與理性，天下就能太平。英國著名文學理論家泰瑞．伊格頓（Terry Eagleton, 1943-）指出，這種想法是自由人文主義的迷思。伊格頓本身是天主教徒，提出「悲劇人文主義」（tragic humanism）。他指出，宗教信仰欲處理的，皆為人生終極問題，無法逃避。悲劇人文主義正視人性黑暗面，如彌爾頓《失樂園》，在幻滅中思考救贖的可能。

麥克尤恩慣於挑戰道德限度，號稱「伊恩．麥骨悚然」（Ian Macabre），於《判決》再次處理黑暗人性。雖然沒人樂見孩童為宗教付出生命，但在法律與理性的干預中，青春生命就在眼前逝去，教人如何「理性」面對？

當法官盡力避免悲劇發生之際，越覺理性思維之不足，只能與少年在病床前吟唱葉慈著名的〈走過莎莉花園〉（"*Down by the Salley Garden*"，又譯〈在楊柳園畔〉），讓苦悶在詩歌中昇華：

她叮嚀我輕鬆過活，如同青草蔓延河堰。
可惜我年輕不懂事，如今只能淚流滿面。

故事結尾，少年已死，法官再次吟唱本詩，熱淚中頓悟，生命就像〈走過莎莉花園〉，是永遠的遺憾。

悲劇人文主義以文學取代宗教，超脫無解人生，此信念實與信仰同樣虔誠寬宏。要抗拒人文「信念」不致成為宗教「信仰」：此為《判決》揭露的俗世悲劇。

8 當代英國小說的野孩子：大衛・米契爾

英國小說的「野孩子」究竟如何十年崛起，成為當代英國最具代表性的作家？

秋季新書向來是英國出版界的年度盛事，重量級作家相繼推出新作。大衛・米契爾率先於二〇一四年九月二日出版《骨時鐘》。這部號稱「比《雲圖》更完美」的新書，自發表以來就持續受到英美媒體關注，搶走其他老大哥不少風采。

《骨時鐘》是米契爾的第六部小說，也是他第五度入圍曼布克獎。他的作品融合科幻、歷史與寫實小說，跨文類的風格深受讀者喜愛，亦獲學界重視，二〇〇九年英國著名的聖安德魯斯大學甚至舉辦「米契爾研討會」。

米契爾計畫再推出六本小說，將所有十二部作品組成一部互相連貫的「超小說」（übernovel）。如此複雜並具野心的寫作計畫，當今英國文壇無人能及。

處女作一炮而紅，奠定寫作方向

一九九九年倫敦文學嘉年華的座談會上，《迷情書蹤》作者拜雅特（A. S. Byatt, 1936-）身旁的年輕人引起眾人好奇。拜雅特是九〇年代最受推崇的作家，她公開指出年輕作家發表的《靈魂代筆》是她讀過最出色的處女作，三十歲的米契爾從此一夕成名。

《靈魂代筆》以東京地鐵攻擊事件，導入九段橫跨歐亞、彼此交錯的奇異故事。作家巧妙地將複雜的事件串連起來，虛實間顯露全球化的幕後脈絡。「靈魂代筆」就此成為米契爾的獨門絕活。

他擅長以出神入化的敘事剪輯，捕捉區域事件的蝴蝶效應。場景轉換如行雲流水，勾勒不同人生的流動與變異，清楚呈現「液態的現代性」。

迷上繪畫與字詞結構的鄉下小孩

米契爾出生於利物浦北方小鎮，是尋常鄉下小孩，從小喜愛塗鴉。雙親皆從事藝術設計，父親後來受雇於「皇家伍斯特瓷器」（Royal Worcester），全家人搬至伍斯特近郊。

童年時期的米契爾著迷於《魔戒》，常花很多時間臨摹書中插圖。他曾鼓起勇氣在圖書館影印自己的畫作，首次嘗到「出版」的喜悅。日後他特別重視故事的結構設計，應源自繪畫的熱忱與雙親潛移默化的影響。

米契爾幼年患有嚴重口吃，為避免說出引發口吃的字母，說話前會在腦海思索替代字眼。極自覺的說話方式，對日後寫作風格有深遠影響。他中學時想當詩人，常關在房裡獨自分析字詞聲韻，或玩拼字遊戲。這些經驗培養出電腦般的造句能力，苦澀的成長過程，後來呈現在半自傳的《黑天鵝綠》裡。

米契爾就讀肯特大學主修英美文學時，有次知名作家安潔拉・卡特（Angela Carter, 1940-1992）到校朗讀新作。卡特在晚輩面前率真的風度，成為米契爾的典範。他以「後現代小說裡的現實」為題，完成碩士學業。「多重現實」也成為未來寫作的關鍵母題。

研究所畢業後，米契爾到知名連鎖書店工作，對出版業有親身體驗。隨後輾轉前往日本，在廣島附近一所技術學院教授英文，長達八年。這段期間他到亞洲各處遊歷，旅途中嘗試寫作，完成首部小說的初稿。

身為異鄉人的疏離感，激發他寫下具有異國風情的獨特作品：以日本青年尋父為主題的《九號夢》，以及十八世紀日本為背景的歷史小說《雅各的千秋之年》。米契爾後來與日籍同事結婚，定居愛爾蘭南部的濱海小鎮，繼續當起「鄉下人」。

他家裡有位自閉兒，生活與寫作圍繞在封閉的心。二〇一三年他與妻子合譯日本自閉少年東田直樹的自傳《請聽說我》，獲得廣大迴響。《骨時鐘》主角從小能聽見別人聽不見的聲音，長大後還將自身經歷寫成小說，顯示米契爾間接處理自閉症的意圖。

二十一世紀文壇的新聲音

《骨時鐘》敘述一位身陷超自然現象的女孩成長的過程。她發覺人類只是超自然國度善惡之爭的棋子。若人間生死並非絕對，要如何看待歷史與命運？全書以六段互涉的故事提供解讀，為典型米契爾「俄羅斯娃娃式」小說。

這本新書與當年的《雲圖》一樣，皆引發兩極評論。有些讀者讚賞米契爾創新手法之餘，免不了抱怨作家過於費心雕琢結構，而忽略內涵與意旨。

其實，米契爾的作品就像精緻的工筆畫，最終價值在於「忠實」而非「技巧」。《骨時鐘》從一九八四年寫到二〇四三年，對二十世紀科技主義與消費主義有冷靜省思。故事裡冰島古文明與中國崛起的對比，顯現米契爾自《雲圖》以來對文明發展的憂慮。書名的涵義更是神祕撼人，一切都隱藏在天馬行空的故事裡。

現代主義為英國文學帶來經典的創新小說，不過，這已是上個世紀的盛況。二十世紀中葉以後，歐洲、美國甚至日本作家在小說形式上的突破，遠勝過英國作家。義大利有卡爾維諾，美國有保羅・奧斯特，日本有村上春樹，英國呢？

當代英國文學終於出現一位不墨守成規的野孩子。他的搗亂帶來熱鬧氣氛，先別苛責他。看他如何延續前輩的實驗精神，如何以全新工法打造新小說，將英國文學領向下個世紀。

9　來自繆思悠悠的囚室：柯慈

柯慈與保羅．奧斯特的書信集。

英國文學最有名的一封信當屬《傲慢與偏見》裡達西那封熱切的情書。他在信裡卸下「傲慢」的假面，軟化了女主角的偏見。一封信改變且結合兩個人，書信與人生的密切莫過於此。

通訊發達的今天雖然能藉「按讚」抒發心情，若要暢所欲言，就得改用電子郵件等私密方式。書信仍會隨時代演變以各種形式繼續存在。

《此刻》收錄諾貝爾文學獎得主柯慈與美國作家保羅．奧斯特於二〇〇八至二〇一一年間的往來尺牘。單看書名就非常值得關注，因為柯慈是有名的「孤僻」：他不談論自己，幾乎不笑；二度獲得布克獎（《屈辱》），皆未出席領獎。連發表諾貝爾獎演說時，也不改超然作風，以自編的魯賓遜故事闡述創作的必要，令人一頭霧水。本書的出版終於讓讀者有機會從信裡窺探作家生活點滴。「此時此刻」不再隱藏於晦澀的作品裡，而是閱讀書信的悸動。

奧斯特以《紐約三部曲》享譽文壇，擅長以偵探小說的風格處理存在主義的題材。他不用手機、不用電腦，寫小說也拍電影，作風有柯慈那種獨行的格調。

他們首次見面後沒過多久，柯慈便從澳洲寄出第一封信：「親愛的保羅：我最近常常思考友誼的問題……」兩週以後，奧斯特從紐約回信：「最牢固和最持久的友誼是以仰慕為基礎。」這兩位水瓶座深受彼此才華的吸引，隔著南北半球，互為「不在場他者」，如奧斯特寫道：「你一直駐在我的腦子裡，聽著我說話。」

書信集呈現的柯慈是既想洞察世界、卻又想從視野中抽離出來的苦思作家。他感嘆為看球賽而守在電視機前：「觀看運動比賽會不會就像是犯罪：你明知不對，但卻因為肉體軟弱而不能自拔？」思考母語的問題，南非裔的柯慈流露強烈的自我意識：「我對我會稱之為『盎格魯世界觀』的東西越來越疏遠。」柯慈最深切的告白除多年的失眠症，就屬「盲目症」：他這輩子旅途所見景物皆「缺乏普遍意義」。他困惑地自問：「我身上有什麼不足，以致無法回應世界的美和無比的多采多姿？」

相較於柯慈信中自我壓迫的省思，奧斯特的回信充滿生活軼事，輕快許多。他有次三度巧遇最不欣賞的卻爾登・希斯頓（Charlton Heston, 1923-2008），讓他想起《罪與罰》：「最不可能遇上的兩個人就住在彼此隔壁……如果虛構有可能轉變為真實，那我們大概就必須重新省思真實的定義。」

談到美國社會裡文藝的式微，他毫不掩飾心中的憤怒：「『愚昧』正從四面八方崛起……今日的情況是劣質教育造成的嗎？還是說應歸咎於容許劣質教育存在的劣質政府？」

面對柯慈的疑惑，奧斯特完全不像是小七歲的後起之秀，反而扮演解惑者的角色。柯慈問道：「你的愁緒和我的愁緒……除發牢騷以外我們又有什麼替代選項呢？」奧斯特明確回應：「我們有責任斥責和攻擊這世界的種種虛偽、不義和愚蠢。」

海明威的兒子曾說，要認識他父親的真實面貌就要讀信。每個作家何嘗不是如此？柯慈與奧斯特僅相識三年，交談的口氣不免稍嫌正式。「老爺爺」的信當然沒有《珍．奧斯汀的信》的細緻，也不會有卡夫卡《給菲莉絲的情書》的深情。名家書信若是大卡司的古裝劇，《此刻》就是獨立製片的當代電影：光影流動中有坦然的對白，沒有撩人畫面，卻有暗潮洶湧的此刻。

柯慈在大學任教多年，並非專職寫作，很同情奧斯特靠筆為生的煎熬：「我深信『繆思的自願囚徒』才是你最真實的寫照。」這句話應該有共勉之意吧！他們之間的每封信就像把鑰匙，讓這對好友重回繆思的囚室，開門的驚鴻一瞥中，看到了自己。

第二式

暗夜星光，
閱讀第三文化

10 第三文化牽動全球思想脈絡

在科學研究人文化的風潮下，越來越多科學家出書引介新思維，以科學議題探索人性奧祕。

哈佛大學歷史與文學教授凱文．伯明罕（Kevin Birmingham）於二〇一四年六月發表的《最危險的書》指出，現代主義大師喬伊斯晚年視力漸衰、肢體麻痺，是因梅毒所致。每年六月十六日正逢愛爾蘭舉辦以《尤利西斯》主角為名的「布魯姆日」（Bloomsday）紀念活動，本書的說法讓人更加瞭解文豪不為人知的一面。

喬伊斯罹患梅毒的傳言流傳已久，學者通常以稗官野史視之。伯明罕於書信集發現作家曾接受以砷與磷合成的藥物注射；當時只有一種名為 Galyl 的藥方符合敘述，而此處方是梅毒專用。拜科學知識之賜，歷史學者終於提出「鐵證」，解開困擾文學家已久的謎題。

作家生病，意義何在？

作家生什麼病有那麼重要嗎？文學理論教父德希達不是說過：「文本以外別無他物」？梅毒這個醫學議題除增添八卦色彩，有何意義呢？

以短篇小說集《都柏林人》為例，喬伊斯藉第一篇故事帶入關鍵詞「麻痺」（paralysis），以「麻痺之都」寓意國族病態。可是，讀者若只就字面解讀，很難掌握全盤寓意。這篇名為〈兩姊妹〉的故事，敘述一名男孩如何面對關愛他的神父的死訊。男孩在靈柩旁聽見照顧神父的姊妹道出神父發瘋的祕密，對大人的「麻痺世界」有所體認。

以醫學觀點來看，故事裡的「痲痺」代表一種病徵：引發西方社會罪惡感的梅毒。早在一九七四年就有醫生於《內科醫學年鑑》（*Annals of Internal Medicine*）指出，在喬伊斯寫作的年代（1905），「痲痺」（paralysis）與梅毒引發的「痲痺性癡呆」（paresis）為同義詞。因此，「痲痺」不僅是象徵用語，也是晚期梅毒的真切刻劃。文學解析結合科學觀點，能將「神父」（priest）與「痲痺」、「癡呆」之間「3P」的罪惡感逼上檯面。

無奈，長久以來，文學家執著於哲學理論與文本分析，連最科學的心理分析也僅止於探究文本潛意識，而忽視其中的科學性。《最危險的書》的出版，顯示學門對立的局勢即將改觀。

第三文化的宏觀與洞見

英國物理學家兼小說家史諾（C. P. Snow, 1905-1980）對「人文」與「科學」的長久隔閡大感憂心，他在《兩種文化》警示：學科各自為政有礙知識發展與傳播。此書一九六三年增修再版時，史諾更指出兩種文化的結合不可避免，並預言「第三種文化」的興起。

歷經多年醞釀，第三文化終於在一九九〇年代開花結果。創辦著名思想網站Edge.org的美國作家約翰．布羅克曼（John Brockman, 1941-），集結頂尖科學家，以新觀念解釋宇宙生命的意義，一九九六年出版《第三種文化》，宣告新文化的到來。這群新興學者「善武能文」，介入傳統專屬人文的領域，思索終極問題。在科學研究人文化的風潮下，越來越多科學家出書引介新思維，訴求廣大讀者群。

此趨勢代表人物首推兩度榮獲普立茲獎的美國生物學家愛德華．威爾森（Edward O. Wilson, 1929-）。這位演化生物學的先驅於《論人性》以生物學觀點剖析人性；《知識大融通》力倡知識整合，文筆媲美散文家，風格有如哲學家，徹底發揮第三文化的宏觀與洞見。

另一位代表為英國動物學者理查．道金斯，成名作《自私的基因》以小說家的鮮活筆調描寫如何從生命基本單位窺探萬物奧祕，立下跨領域寫作的典範。《盲眼鐘錶匠》以犀利文筆辯證達爾文演化觀，侃侃說理的文采獲讀者一致讚賞。

人文與科學攜手對話

第三文化孕育走在科學尖端的「新人文主義者」，牽動全球思想脈動。美國心理語言學家史迪芬．平克（Steven Pinker, 1954-）的《語言本能》、美國神經學家安東尼歐．達馬西奧（Antonio Damasio, 1944-）以認知科學檢視生理與心智的《笛卡兒的錯誤》（*Descartes' Error*）、美國生理學家賈德．戴蒙（Jared Diamond, 1937-）探討社會演變的《槍炮、病菌與鋼鐵》等跨界著作已非一般科普，文字深度可謂「類文學」，內涵直逼哲學思辨，影響力不亞於人文作品。

誠如英國小說家麥克尤恩所言，科技世代的我們當對科學議題有所感觸。科學與文學一樣，都欲探索人性奧祕。麥克尤恩深受第三文化影響，著有《時間中的小孩》（*The Child in Time*）、《愛無可忍》、《太陽能》等有關科學與人性的小說。同期作家石黑一雄則以複製人為題材，寫下與《長日將盡》同樣動人的《別讓我走》。

「我們每個人都會死，因我們是幸運的一群；絕大多數人連死都沒機會，因為他們根本不會來到這個世界。」這句話不是出自喬伊斯，而是「達爾文傳人」道金斯的《解構彩虹》（*Unweaving the Rainbow*）開頭。他以浪漫詩人濟慈感嘆科學有損彩虹之美的詩句為題，力陳科學的美學動向，表露科學研究的人文精神。

相較於新人文主義者的風采，傳統人文學者與作家面臨邊緣化的危機。二〇一四年英國當代作家塞爾夫（Will Self, 1961-）於牛津大學再度提出「小說真的已死」的說法，透露當今人文作家的無奈。人文學尚待出現另一位擅於知識融合的薩依德（Edward W. Said, 1935-2003），才能於二十一世紀與科學攜手對話。科技綻放知識的彩虹，虹橋兩端總有乍現的雲朵值得留住，有待訴說。

11

文學小說的危機與轉機

數位媒體為低迷書市注入生機，暢銷小說成為出版主力。文學小說前景何在？

美國科幻作家勒瑰恩二〇一四年十一月二十日獲頒圖書協會傑出貢獻獎。她寫作四十餘年，著有《黑暗的左手》等經典名作，對當代作家有深遠影響。

獲獎本是可喜之事，不過，致詞時她卻難掩憂慮：「艱難時世即將來臨，我們急需作家聲音，告訴我們有不同的生活方式，在社會恐懼與科技迷戀背後，看見其他的生存意義，讓我們在想像中有理由充滿希望。」勒瑰恩所說的「艱難時世」，讓人想起狄更斯刻劃十九世紀功利主義的同名作（*Hard Times*）。狄更斯認為，工業社會抹殺人性；勒瑰恩眼中，書市營利為主，扼殺寫作自由。許多作家迫於現實，「讓貪圖暴利的商人告訴我們該出版什麼，該寫什麼」。

為了藝術，也為生活

當代文學的艱難時世，其實早已降臨。二〇一三年英國以寫作維生的作家只剩一一．五%，作家收入低於生活標準。美國調查也發現，大多數作家收入極低，要有其他「正職」才能寫作。

可是，寫作與市場結合，並非背棄藝術。石黑一雄、強納森．法蘭岑（Jonathan Franzen, 1959-）等暢銷作家內涵深厚，沒人會以「商品」視之。寫作遠離人群，是現代主義的殘酷包袱。

榮獲二〇一四年曼布克獎的澳洲作家理察．費納根（Richard Flanagan, 1961-），費時十年完成得獎作《行過地獄之路》，因無力養家，差點當上礦工。曼布克獎揭曉那週，得獎作在英國銷售量從三一六冊攀升至一〇二四二冊，銷售額遠高於他過去十年作品銷售總額。若無文學獎的市場效應，可能要靠後代讀者發掘這位作家。被問到要如何處理獎金，他無奈說，「過活用」。

自助出版振興書市，文學小說萎縮

作家生計困難，讀者逐年流失。美國藝術基金會統計，二〇一二年雖有四七%成年人閱讀文學書籍，比二〇〇八年減少三%。二〇一三年英國圖書基金會發現，文學閱讀明顯萎縮：五六%成人偏好上網而不看書，二六%喜愛小說，但讀文學小說者只佔二六%裡的八%。

當閱讀不敵網路娛樂之際，自助出版帶來一線希望。作家自由出版，作品透過網路快速傳播，朋友間口碑相傳，閱讀機會大幅提升。近年美國自助出版超過四十五萬八千多冊。愛情等類型小說為主的自助出版，成長驚人。

不過，自助出版品質控管不易，數量過多，讀者無從篩選。《華盛頓郵報》書評家 Ron Charles 就曾公開對自助出版的作者說：「我不要看你們的書。」他在報社每天過濾一百五十本書，實無力面對數十萬本電子書。

「混合型出版」成為振興書市的最大助力。莉莎・潔諾娃（Lisa Genova, 1970-）自助出版的《我想念我自己》，被出版社買下版權後，成為暢銷書。E・L・詹姆絲（E. L. James, 1963-）的《格雷的五十道陰影》也是著名案例。小說家喬治・歐威爾曾說，「好的壞書」人人都愛，休閒閱讀有其價值。類型小說或許「文學價值」有限，能吸引讀者能看各類讀物總是好事。

文學閱讀結合電影娛樂

當代文學的閱讀與欣賞，與電影有密切關聯。二〇一三年入圍奧斯卡最佳影片的九部電影裡，就有《派特的幸福劇本》、《少年Pi的奇幻漂流》等六部電影源自小說。《長日將盡》、《英倫情人》、《斷背山》等知名影片也都改編自文學作品。

文學深化電影內涵，電影有利推廣原著。此趨勢也明顯反映於青少年小說：《飢餓遊戲》、《移動迷宮》等原著銷售，都因電影而有所成長。

文學與媒體結合的趨勢，也讓英詩重獲欣賞的契機。小說改編的《偷穿高跟鞋》，主角有閱讀障礙，費力朗誦美國詩人伊麗莎白．碧許（Elizabeth Bishop，1911-1979）的名詩〈One Art〉。《險路勿近》（*No Country for Old Men*）改編自戈馬克．麥卡錫（Cormac McCarthy, 1933-）的同名小說，標題出自諾貝爾詩人葉慈著名的〈航向拜佔庭〉（"Sailing to Byzantium"）。濟慈傳記《璀璨情詩》，片名源自詩人瀕死而作的〈Bright Star〉。《星際效應》中，人類藉朗誦英國詩人狄倫．湯瑪斯（Dylan Thomas, 1914-1953）名詩〈Do Not Go Gentle into That Good Night〉，咀嚼死亡前的悔恨。

文學教育的艱難時世

英國十九世紀功利主義盛行，學校淪為培育工人的處所。狄更斯在《艱難時世》中描寫：「除了事實，其他什麼都不要教這些孩子。生活只要事實。」當前社會進入第三次工業革命，期望學校提供「有用」知識，教育彷彿重回狄更斯批判的時代。

美國大學英文系受高教企業化與預算緊縮的夾擊，被視為「無用」學門，「英文系沒落說」登上版面，連美國現代語言協會（MLA）終身學術成就獎得主米勒（J. Hillis Miller）也不禁問道：「在此時節，還要讀文學，還要教文學嗎？」他沉痛指出，美國社會缺乏文學陶冶的共識，英文系盛行「文化」研究，背棄「文學」，令人悲觀。他認為，深讀文學是看清假相的唯一途徑。教師應保有閱讀文學的熱忱，學生才有緣學習有用的文學知識。

美國著名之新學院最新研究發現，文學能強化「心智理論」。英國利物浦大學的研究也證實，經典文學能促進腦部發展。電影公司 Working Title 的製片有次看到女星綺拉．奈特莉在片場讀《安娜．卡列妮娜》。奈特莉說，本書若拍成電影，想必精采。一句閱讀感言，促成劇作名家湯姆．史達帕（Tom Stoppard）寫下改編劇本。文學果真「無用」？

數位媒體滲透到生活角落，帶來隨選娛樂，也將文學帶到身邊。文學難，人生更難。生活中唯有把握機會閱讀，看似無解的「艱難時世」，才能化為過去完成式。

12

到理學院學作文

資訊爆炸年代，很難迴避隨處可見的爛文章。終於有科學家看不下去，跳出來教大家如何把作文寫好。

幾年前，耶魯大學曾舉辦「性別教育週」，有場論壇是由四位教師討論校園性行為，然而學生撰寫的新聞稿卻鬧了笑話。稿上寫的是：A faculty panel on sex in college with four professors，因句法含糊，被解讀成：「教師論壇，討論與四位教授發生校園性行為。」

上述句子的文法並沒錯，但令人疑惑的是，with four professors 是修飾 panel 還是 sex？不同讀法會讓句子意思不同，這就是句法歧義，「花園路徑」般的誤導句（garden-path sentence）。

文句要如何達意，文理要如何疏通，才不會讓讀者迷失在語言的花園？哈佛心理系教授史迪芬．平克已找到祕訣。

風格意識的重要

平克在《寫作風格的意識》中指出，某些傳統規則其實有礙寫作。學生遵循「結合相關詞」的規範，卻沒料到當讀者唸到 sex，又看到 with，自然聯想到 sex with 而造成誤解。若將 with 的片語調開，就能避免歧義：A faculty panel with four professors on sex in college。

不過，同樣的句子若以 drug 取代 sex，依例寫成 A faculty panel with four professor on drug in college，又變成「四個在校吸毒的教授」所組成的論壇了。文法都對的情形下，如何才能在文字花園裡找到正確途徑？平克認為有賴寫作的「風格意識」。

平克的說法明顯是針對散文名家E・B・懷特（E. B. White, 1899-1985）所編的《英文寫作風格的要素》而來。這部知名的指南流傳極廣，但平克認為，本書雖有其價值，但很多「要素」解釋不清，淪為「要點」，且因年代久遠，無法反映語言用法的變化。

平克是著名的心理語言學家，以《語言本能》揚名國際，並多次獲選為《時代》週刊的全球最具影響力人士。認知科學致力探索語言與意識，成果豐碩，《寫作風格的意識》正是借助認知科學的知識，教導讀者養成風格意識，窺探寫作的心理學。

主流媒體隨處可見爛文，連專家學者也難逃寫廢文的詛咒。「為什麼有這麼多令人難懂的文章？」平克以科學家的論說語氣，解析爛文的心理學，殷切提出寶貴的解方，不管是報上的訃聞或雜誌漫畫，都成為鮮活教材。

平克歸納出好文的風格：清晰具體，邏輯連貫，講求文字節奏，對題材感到熱情。有話要說、把話說清楚的「經典風格」，成為矯正利器。平克分析例句的邏輯與架構，解釋文詞用法，讓「二十一世紀的思想人」徹底明瞭寫作的道理。

爛文剋星：科學家的好文章

《寫作風格的意識》要根治的，首推矯揉造作的寫作毛病。歐美學界偽文氾濫，很多人中了「知識的詛咒」，以艱澀文句掩飾空洞的內容。其實早在一九九五年，哲學家丹尼斯．達頓（Denis Dutton, 1944-2010）即首先發難，舉辦「爛文大賽」，要大家正視這個現象。諷刺的是，爛文首獎得主不是科學家，而是詹明信（Fredric Jameson, 1934-）等人文學界的指標人物。這些作者文筆冗長曲折，讀者就像看國王穿新衣，還以為自己有問題。

只可惜，爛文大賽受到學界反彈，舉辦三年後即在批評聲中停辦，好文運動戛然受阻。那段期間，歐美知識界還發生了喧騰一時的「索卡事件」。一九九六年，紐約大學物理教授亞倫．索卡（Alan Sokal, 1955-）受夠了後現代主義的爛文，自修幾週後，完成一篇偽科學的廢文〈越界：邁向量子重力的轉化型詮釋學〉，投稿到知名文化研究期刊，居然被接受刊登。索卡後來出面揭發真相，震驚學界。

索卡藉「知識的騙局」批判當時學者玩弄術語的知識怠惰。此事件引發「科學家v.s.人文學者」的論戰，只可惜推行好文的初衷，在兩陣營的激辯中被口水掩蓋。

以清晰文筆追求真理

近幾年，好文運動有重振旗鼓的趨勢。二〇〇六年演化生物學名作《自私的基因》發行三十週年，小說家麥克尤恩特地為文，稱道作者道金斯為「文學科學寫作」的典範，「清晰的文筆表露了追求真理與創新想法的熱忱」。

好文寫作的代表人物除了平克，還包括：《笛卡兒的錯誤》作者達馬西奧（António Damásio）、《真實世界的脈絡》（*The Fabric of Reality*）作者大衛．多伊奇（David Deutsch, 1953-）、《槍炮、病菌與鋼鐵》的賈德．戴蒙、《終極理論之夢》（*Dreams of a Final Theory*）的溫伯格（Steven Weinberg, 1933-）、《優雅的宇宙》的格林恩

（Brian Greene, 1963-）、《論人性》的愛德華．威爾森等。二〇一一年威爾森創辦「筆會／E．O．威爾森文學科學寫作獎」，科學家的好文章終於有機會受到肯定。

平克宣揚的「經典風格」，正是具有文學性質的科學寫作風格。冠以「經典」兩字，顯示此風格不應侷限於科學寫作，而是所有好文章應追求的共通風格。平克與麥克尤恩二〇一四年九月受邀到倫敦皇家地理協會討論「好文章」，綻放人文寫作與科學寫作互放的光芒。

「科學家懂作文嗎？」還有疑問的讀者，不妨看看威爾森的新書《人類存在的意義》，再決定是否跟我一樣，到理學院去找新的作文老師。

13 科幻文學的世界大戰

二〇一五年中國作家劉慈欣獲頒雨果獎，意外捲入美國科幻文學的論戰。

二〇一五年八月二十二日，中國作家劉慈欣以《三體》獲頒科幻文學最具指標性的雨果獎。這是雨果獎自一九五五年創立以來，首次頒給亞洲作家與翻譯作品。

二〇〇八至二〇一〇年間，劉慈欣以《三體》三部曲異軍突起，在中國造成科幻旋風，系列小說累積銷售至今超過一百萬冊。英譯本為《三體》首部曲，由華裔美籍科幻作家劉宇昆（Ken Lieu, 1976-）翻譯，二〇一四年十一月在美國出版後，很快便獲重視。

「三體問題」原為物理學天體運行的難題。《三體》於此架構描寫外星文明與人類的生存競爭，並以文革的背景寓意宇宙的黑暗法則。美國科幻書市少見翻譯作品，劉慈欣以非線性的敘事手法融合科學、電玩與中國歷史，全新處理外星人入侵的經典題材，令美國讀者為之驚豔。

不過，面對「華人第一科幻作家」的殊榮，劉慈欣卻異常低調：「《三體》的成功只是一個偶然，這種機遇可能以後不會再來了。」他表示：二〇一五年的雨果獎「是一屆很遺憾的雨果獎」。

《三體》的得獎是否涉及不足為外人道的幕後因素呢？

「小狗門」事件的爭議

劉慈欣自承，《三體》從入圍到得獎的過程，有許多「偶然」、「幸運」的因素：「此次雨果獎受到美國右翼勢力的干擾，導致有些優秀的作品沒能入圍。」二〇一五年四月 Marko Kloos 婉拒入圍，原先支持他的讀者改推《三體》替補。劉慈欣起初並未獲提名，這個機緣雖讓《三體》出線，卻令他意外捲入雨果獎有史以來最具爭議的「小狗門」（Puppygate）事件。

近年美國科幻界陷入科幻文學的本質論戰。有群作者認為，本真的科幻作品應以故事為主，雨果獎過度講求作品內涵，以致傳統太空劇（space opera）受到貶抑。他們自認受到自由派的排擠，以「悲傷小狗」（Sad Puppies）與「憤怒小狗」（Rabid Puppies）自居，並於雨果獎提名期間，提出非主流名單，號召書迷支持，以導正科幻文學的走向。

雨果獎有別於一般文學獎，並非透過專家小組的評審，而是由「世界科幻年會」的會員投票決定。因此，雨果獎就像一場小型選舉，派系運作有決定性的影響。

二〇一五年，在「小狗」團體強力動員下，所支持的作者成功拿下多項提名，是近年來最成功的操盤行為。入圍名單震驚美國科幻界，左右兩派的論戰更加激烈。

不過，多數人並不認同「小狗」的偏激言論，有作家在得知「榜上有名」後，隨即宣布退選，以劃清界線。除 Kloos 以外，Annie Bellet、Matthew David Surridge 等科幻作家皆出面婉拒提名，連受邀頒獎的 Connie Willis 也謝絕出席。

論戰的流彈

二〇一五年雨果獎決選票數高達五九五〇張，打破歷年紀錄。可是，許多人為抵制「小狗」名單，投票時勾選「不頒獎」，以致最佳短篇故事、最佳中篇小說等五項大獎以從缺收場。

角逐最佳小說的五部作品，幾乎都是來自「小狗」名單。值得注意的是，《三體》顯然受到各方青睞。學者 Brandon Kempner 分析開票數據發現，支持《三體》的一六九一票中，約有三分之一是來自死忠「小狗」。他合理推論，中間選票雖高達六百至一千張，但真正臨門一腳將《三體》送上寶座的，是四百五十多張「小狗」選票。

美國科幻界有關《三體》的討論都不離「小狗門」事件，本書的內緣價值飽受忽視。《三體》在美國出版不到半年，劉慈欣這位「局外人」就無端捲入論戰，作者立場之尷尬無奈可想而知。

科幻大戰，才正要開打

《冰與火之歌》作者喬治・R・R・馬丁（George R. R. Martin, 1948-）認為，二〇一五年「小狗」雖未能得逞，五項獎項從缺是史無前例的憾事，已中傷雨果獎。馬丁是一線作家批評「小狗門」最力者，也是少數幾位公開支持《三體》的資深作家，力勸各界將論戰回歸作品本身。

如科幻作家 Eric Flint 犀利點出，「小狗」的訴求其實是無解的：沒有一項文學獎能從「文學性」與「價值判斷」抽離出來。有大眾，就有小眾，不管「小狗」站在哪邊，「真正」代表全體的作品，實不可求。

同期，美國文壇發生兩件憾事，間接透露科幻論戰的核心問題。其一：美國詩人 Michael Derrick Hudson 以真名投稿多次不成，改以中學同學 Yi-Fen Chou 的中文名字投稿，作品後來竟獲刊登，並入選年度詩選。其二：Chuck Wendig 發表《星際大戰》系列小說《Aftermath》，因故事出現同性戀角色，遭到讀者群起攻訐。

華人姓名有利投稿的例子顯示，族群差異果真如「小狗」團體指出，已淪為有些美國作家操弄的手段；而從 Wendig 的遭遇可看出，科幻讀者雖常以非主流自居，面對他者的差異，有時也會展現零容忍的排擠態度。

劉慈欣若改以美式或歐式筆名發表，如隱匿身分的義大利作家艾琳娜．斐蘭德（Elena Ferrante）那般神祕，本屆雨果獎的讀者會如何看待《三體》呢？

有中國書迷看不慣「小狗門」，計畫於未來加強集體動員，反制操盤。「世界科幻年會」面臨的挑戰，看來不只是要如何修補科幻界的裂痕，還要思考如何面臨百萬外國粉絲的入侵。《三體》系列英文版與德文版陸續上市後，科幻文學的世界大戰才正要開打。

14

非寫不可：強迫書寫的藝術

挪威作家 Karl Ove Knausgård 以三千六百頁的篇幅，將自己和周邊親友徹底寫入小說。「爆肝式」的寫作顛覆了當代文學的形式。

當前國際文壇最受矚目的新星，當屬挪威作家 Karl Ove Knausgård（1968-）。他以《我的奮鬥》（*My Struggle*）把自己與家人寫入六大冊、三千六百頁的自傳小說，在挪威狂銷近五十萬冊。文學小說能有這番成績，實在引人側目。

記錄各種芝麻小事

二〇〇九年問世的《我的奮鬥》系列，英譯本自二〇一二年起逐年出版，每年都在歐美掀起熱潮。作者英文流利，各界邀訪不斷，激發有關小說創作與文學形式的討論。

《我的奮鬥》第四部二〇一五年於美國推出，作者應《紐約時報》邀請，到北美進行一趟探尋維京歷史的深度之旅。沒想到他在遊記表示，他的發現就是「什麼也沒發現」，還希望車子起火爆炸，以便有東西好寫。「世界本來就是這樣，充滿無關緊要的小事。」

「芝麻小事」正是《我的奮鬥》的題材，也是引發話題的主因。在 Knausgård 眼裡，人生的基石不是「偉大歷史」，而是微不足道的瑣事。《我的奮鬥》記錄作者的成長歷程、家庭問題、對生死的冥想、背棄大時代的故事，每件事都是真人真事，如實境秀般攤在讀者面前。

這部自傳小說讓作者親友非常受傷，連前妻都是讀了書後才發現作者婚外情的經過，多位親戚甚至投書控訴這本「背叛文學」。

Knausgård 曾說，《我的奮鬥》是「浮士德的交易」，「出賣了我的靈魂」。他為何甘願付出驚人代價，換來創作的突破？

「自閉式」的寫作

作者原本想寫一本有關父親的小說，掙扎四年陷入瓶頸，對文學與人生的疑惑達到無法忍受的極限。「想到要寫小說，想到虛構情節裡的人物，就令我作嘔。」他後來恍然大悟，「要先打破主題與形式，才能有文學。」而且，「寫作不是創造，而是破壞。」最後，他選擇破壞自己的人生，以為賭注。

這項認知促使他每天以二十頁的瘋狂速度寫作，以真實素材抗拒小說的虛構。他稱之為「自閉式」的寫作：不管他人感受，想到什麼就寫，「窮盡一切，寫下所有東西，直到沒東西可寫。」

為了完成作品，Knausgård 不僅「背叛」親人，也背叛了小說。他刻意拆解小說

——《我的奮鬥》「只有離題，沒有情節。」他摒棄小說的形式——「我想知道，要把寫實主義逼到什麼程度，才會無法閱讀。」他更語出驚人地說：這是「作者的自殺」。

《我的奮鬥》代表當代文學蓄勢待發的新小說運動。現代主義以來，實驗小說被貼上高傲難懂的標籤。不過，從大衛・米契爾、Eimear McBride、湯姆・麥卡錫（Tom McCarthy, 1966-）、Ben Marcus 等當代作家受歡迎的程度看來，該是放下偏見的時候了，當代小說急需新的聲音與形式。

強迫書寫的藝術

Knausgård 窮盡一切的寫作風格，除源自普魯斯特，也深植於北歐傳統。挪威詩人 Olav Hauge 身後留下四千多頁日記；芬蘭小說家 Kalle Päätalo 寫下二十六冊、世界最長的自傳小說。Knausgård 與前人最大的不同，在於否定現代主義的文化。他表示：「我所做的，只是寫出自己對於文化的不安。」

他既要從小說解放出來，也要尋求文化的解脫。《我的奮鬥》結尾以四百多頁篇幅，討論希特勒與二〇一一年挪威恐怖攻擊的兇手。對作者而言，文學「背叛」與殺人罪一樣，都事出有因，有待贖罪。

Knausgård 寫作速度驚人。普魯斯特費時十三年完成四千多頁的《追憶逝水年華》；Knausgård 只花三年就寫下幾乎同樣篇幅的鉅作。他的最新計畫是每天選擇一個字，以一頁的篇幅描寫，一年寫三六五篇，預計完成四本。

如此多產的能量顯然異於常人。許多著名作家都有無法克制的寫作衝動，「強迫寫作」（hypergraphia）的傾向。美國知名神經醫學家 Alice Weaver Flaherty 研究作家的強迫症，於《The Midnight Disease》指出，自古以來，藝術創作都與強迫症密不可分。

Flaherty 的說法，讓我們想起著有三十七部小說、十本論文集，以及數不清的書信的法國文豪左拉。他最知名的話，就是刻在書房壁爐的座右銘：「每日一句，筆耕不輟」（Nulla dies sine linea）。藝術家也有強迫創作的案例。畫家梵谷三十七年的短暫生命中，共完成兩千多幅畫，一八八八至八九年間共創作兩百幅油畫與兩百多幅素描與水彩畫，而且每幅都是傳世之作。

阿根廷當代小說家 César Aira 也是好例子。他著有七十多部小說，講求超快的寫作速度與跨文類的動能，每年出版好幾本書，被譽為「拉丁美洲文學的杜象（Marcel Duchamp）」。其他著名案例還有史蒂芬・金（Stephen King, 1947-），以及寫下五百本書的科幻大師艾西莫夫（Isaac Asimov, 1920-1992）。

據 Knausgård 表示，他視寫作為「去除羞恥」的方式。《我的奮鬥》充滿許多羞恥事件的強迫回憶，每件事都以幾十頁篇幅交代始末，流露強迫寫作的執著。

神經醫學的觀點讓我們更加珍惜 Knausgård 的寫作藝術。他就像頂著暗夜暴雨，堅持鑽木取火的孤獨旅者，以血肉之軀力求生命的火花。賭上蠻力非鑽不可，非寫不可：此衝動，是如此不能自已；此奮鬥，竟是如此真誠動人。

15 讀者書評的酸民文化

閱讀社交網站染上霸凌風氣，此網路病症是書市急需解決的全球問題。

英國知名部落客 Zoella 二〇一四年十一月出版《Girl Online》，首週狂銷近八萬冊，榮登同年圖書熱賣寶座。她以影視部落格走紅網路，新書描述少女部落客面臨的焦慮與網路霸凌問題，頗具自傳風格。

不過，新書出版後馬上傳出「影子寫手」Siobhan Curham 捉刀的消息，批評聲浪四起，Zoella 雖間接證實傳聞，仍難平息眾怒。

知名人物請人代筆寫書，其實是很普遍的作法，名模凱蒂．普萊斯（Katie Price）、足球明星大衛．貝克漢等名人發表新書時，沒人在意「真正」作者是誰。著名影子作家 Andrew Crofts 就表示，這次各界針對二十四歲的 Zoella 大作文章，「意圖刻薄」。代筆作家 Curham 受到網友辱罵，她後來打破沉默，呼籲大眾注意《Girl Online》所欲呈現的「線上仇恨」議題。她當初應沒料到故事會搬上現實舞台。

事件爆發後，Zoella 宣告暫時離線休息。類似事件也曾發生在地球另一端。中國知名網路作家「南派三叔」與「匪我思存」，皆因不堪負荷網友攻訐，先後宣布停止寫作。

見不得別人好，在網路到處謾罵的討厭鬼，英文叫 haters，就是俗稱的「酸民」。隨著社交網站的普及，閱讀與寫作這塊「淨土」，實難逃酸民文化的滲透。

讀者論壇的戰場

美國書市二〇一三年八月發生一件作者遭受酸民霸凌的矚目案例。新手作家

Lauren Howard 在 Goodreads 預告新書消息。沒想到書本尚未發行，就有讀者留下惡毒書評。她在論壇提出質疑，惹來群聚攻擊，只好宣布暫緩出書。後來她將書名改為《Learning To Love》，並用筆名出版，以表達立場。

此事件促使 Goodreads 加強審核發言機制，許多用戶認為權利受到侵犯，群起抗議。Goodreads 從二〇〇七年成立至今，讀者評論瀰漫「反作者」氣氛，負面言論的問題日益嚴重。

二〇一二年成立的「反 Goodreads 霸凌」團體（STGRB）調查發現，有作者藉匿名帳號發布「一顆星」書評攻擊競爭對手，還有讀者專門發表負面書評，攻訐特定類別的作者。STGRB 定期舉報讀者書評的霸凌案例，並公告霸凌者的帳號名稱。「讀者有權」（Readers Have Rights）等反制團體應運而生，展開激烈的「反反霸凌」論戰。

亞馬遜網站也有酸民讀者的網路霸凌問題。《夜訪吸血鬼》（*Interview with the Vampire*）作者安・萊絲（Anne Rice, 1941-）曾公開批評亞馬遜「反作家的揪眾霸凌文化」。她於二〇一四年三月連署呼籲亞馬遜取消匿名書評制度，以遏止不良風氣。此舉激起亞馬遜用戶強烈反彈，有人公布連署作者名單表示：「若買了這些作者的書，亞馬遜答應可以退貨。」

作者與讀者緊張的關係

網路書評能影響圖書銷售，造假容易。二〇一二年 GettingBookReviews.com 爆發販售書評的醜聞。同年，亞馬遜也發生多名作者以匿名書評打擊對手的酸民行為。花錢買「五顆星」書評自己用，不至傷人；「一顆星」書評丟給別人，則害人不淺。

美國曾發生作者與讀者對上的憾事。二〇一四年，哈佛畢業的作家 Kathleen Hale 發現有位部落客對她的新書很有意見，回應書評後，竟惹來更多言語攻擊。她既受傷又好奇，決定展開人肉搜索，登門討教。

二〇一四年十月，Hale 在《衛報》揭露這段經歷，被 Goodreads 酸民歸為「行為不檢作者」（BBA），「一顆星」書評灌爆。纏擾讀者的作法固然可議，作者被圍剩的處境卻值得同情。線上討論助長酸民孳生，逐漸失去正面意義。

寫作與出版商業化，讀者書評也相對商業化。讀者若覺花冤枉錢，自然想說服他人不要購買。「顧客回饋」能讓3C產品推出新款，可是，若以同樣心態嫌棄作品，作家要如何研發「新版本」？作者挺身辯護必會招致筆戰，顯然處於劣勢。如諾貝爾文學獎得主柯慈比喻，書評家就像壞小孩，「知道動物園有柵欄保護，才朝大猩猩丟石頭」。

浪漫詩人濟慈出道時，有次拜訪偉大詩人華茲華斯。濟慈獻上簽名詩集，並當場朗誦。沒想到華茲華斯一臉不屑，評語無情。濟慈非常傷心，據好友轉述，「永遠不原諒華茲華斯」。

看不順眼可以不需理由，刻薄書評也是如此，作家反感可想而知。美國作家諾曼．梅勒（Norman Mailer, 1923-2007）曾在聚會賞書評家一拳；當代小說家理察．福特（Richard Ford, 1944-）有次被書評惹毛，竟拿出書評家所寫的書開了幾槍，再將遍布彈孔的書寄回給作者。

臉書執行長祖克柏曾表示，「爛按鈕會對世界不好」；「彈出式廣告」發明人 Ethan Zuckerman 指出，網路讓人心胸狹隘，現代人急需「重新連線」，才能成為世界公民。

網路連結世界，也能深化偏見。讀者書評淪為酸民「爛按鈕」，是網路病症。作者與讀者要如何重新連線，交會而非交戰，將是雙方上線後首要的待辦事項。

16 電子書大戰：出版社與亞馬遜的合約大戰

美國五大出版商之一的阿歇特與亞馬遜的電子書合約爭端，已從商業模式之爭，轉為出版形式之爭，顯現出版業邁入數位時代的焦慮。

阿歇特（Hachette Livre）與亞馬遜電子書合約爭執，糾結多年毫無結果。阿歇特欲保留訂價權，反對低價；亞馬遜則欲維持「批發定價」，對營收分配也有所堅持。

雙方恩怨可溯及二〇一〇年四月蘋果推出 iPad 與 iBookstore 之際，全美五大出版社聯合調漲電子書價，亞馬遜被迫漲價。美國司法部調查發現，蘋果密謀出版社以削弱零售商競爭。二〇一二年四月司法部控告蘋果與五大出版社違反公平交易。

二〇一二年九月，阿歇特與司法部達成和解，其餘出版社陸續跟進。和解條件規定出版社兩年內不得干預電子書零售價，且須賠償聯合漲價溢收的金額。因共謀事實明確，蘋果眼見官司無望，二〇一四年七月以四．五億美元和解。

同年，亞馬遜原可望與阿歇特簽訂新約，但協商無果，於是對阿歇特圖書施以延遲出貨等制裁行為。阿歇特陣營不甘示弱，強勢運作媒體表達不滿。

美國阿歇特旗下有沙林傑（J. D. Salinger, 1919-2010）、J．K．羅琳（J. K. Rowling, 1965-）、尼可拉斯．史派克（Nicholas Sparks, 1965-）等暢銷作家，法國母公司為龐大的國際集團。出版社認為，聯合抬價為對抗亞馬遜「壟斷」之非常手段。媒體同情出版社處境，低調報導蘋果事件，高調處理「反亞馬遜」聲浪。

一面倒的媒體報導

二〇一四年八月九日，有九百多位「作者聯盟」作家首先發難，於《紐約時報》連署呼籲，亞馬遜應恢復阿歇特圖書的正常出貨。作者聯盟九月十五日再度號召千人連署，盼亞馬遜停止制裁。

作者聯盟陣容浩大，包括薛曼・亞歷斯（Sherman Alexie, 1966-）、湯婷婷、三位入圍二〇一四年曼布克獎的美國作家，甚至連娥蘇拉・勒瑰恩等學者作家也名列其中。九月二十四日，作者聯盟還計畫上書司法部，要求調查亞馬遜違反公平競爭。

九月二十九日，美、英、加等國之重要媒體，同時刊登四篇不利亞馬遜的報導，其中以《紐約時報》最具殺傷力。該文引述勒瑰恩：亞馬遜阻礙阿歇特圖書流通，等同「禁書」。某資深作家經紀人表示，「如果不阻止亞馬遜，美國將面臨文學生態的滅絕」。

著名刊物《新共和》（*The New Republic*）二〇一四年十月九日趁勢追擊，刊登

〈一定要阻止亞馬遜〉（"Amazon Must Be Stopped"）專文，呼籲抑制亞馬遜，以免「經濟與文化被一個公司牢牢掌控」。十月十三日，反亞馬遜最力的暢銷作家詹姆斯・派特森（James Patterson, 1947-）於彭博電視專訪表示，亞馬遜「攻擊作家的作法等同對作家發起宗教戰爭」。

諾貝爾經濟獎得主保羅・克魯曼（Paul Krugman, 1953-）十月十九日接下戰火，於《紐約時報》抨擊亞馬遜好比舊時「強盜貴族」。他的發言總結「反亞馬遜」論點：低價策略是「獨買」的蠻橫作為，亞馬遜若趁勢坐大，將成為「傷害美國」的可怕力量。

媒體的反思

媒體報導明顯失衡，《紐約時報》監督自家的「公共編輯」二〇一四年十月四日特別呼籲，媒體不應捲入戰局，應「詳加檢視大型出版社言論，加強報導亞馬遜可能有利閱讀文化之不同意見」。

此呼籲發揮效應，十月十日《紐約雜誌》專文指出，亞馬遜飽受科技大廠與連鎖賣場的競爭，電子營業額只佔全美一五％，毫無「壟斷」之實。十月十三日《紐約時報》經濟專欄直接點出，亞馬遜正改變出版界生態，在打一場「主控權之戰」。十月十四日連 BBC 也加入反思，討論「亞馬遜到底是壟斷，還是資本主義的成功故事？」。

十月十五日，《華盛頓郵報》部落格刊登法學教授的評論。作者表示，網路有許多銷售平台，阿歐特既然無法接受亞馬遜的條件，大可轉至別處賣書或自行銷售。所謂「電子書售價不提高，出版社會無足夠資金預借給作者，寫作水準就會降低」的說法，與企業逃稅藉口一樣說不通。

最直率的評論，當屬二〇一四年十月十七日《富比士》的〈亞－阿爭戰選邊站〉（"Taking Sides in the Amazon-Hachette Battle"）。律師作者認為，在電子商務時代，阿歐特想維持紙本出版的商業模式，缺乏創新視野。亞馬遜低價策略可讓出版與零售雙方獲利，相對提高作者獲益。有創新作為的那方應受支持。

普通讀者要如何觀戰？

面對各方批評，亞馬遜並未大動作澄清，二〇一四年七月二十九日官網表達「為讀者著想」的理念。八月九日接獲作者聯盟抗議，即以「讀者聯盟」名義發文指出，電子書如早期廉價紙本書，有助推廣閱讀。十月二十日，亞馬遜與五大出版社之一的 Simon & Schuster 敲定合約，「促使出版社提供讀者更低廉價格」。此意外消息重挫阿歇特銳氣。

美國廉價書的興起，Simon & Schuster 曾扮演關鍵角色。一九三九年，企業家 Robert de Graff 就是在 Simon & Schuster 資助下，推出震撼書市的「口袋書」。如當時《紐約時報》廣告所言，「改變紐約的閱讀習慣」。

當時小說皆為定價約二・五美元的精裝本，而口袋書只賣二十五分錢，價差十倍。de Graff 在藥房、車站等地廣設通路，口袋書銷售量驚人。後來單行本應運而生，帶動偵探、科幻等類型小說的興起。

七十多年後的今天，美國書市正面臨同樣革命性轉變。電子書徹底發揮口袋書長處，更有當年沒有的優勢：迅速、自主、無遠弗屆的出版方式。二〇〇七年亞馬遜推出 KDP（Kindle Direct Publishing）獨立出版平台，作品可直接出版，可網路直銷。傳統出版社一夕間被邊緣化，面臨空前挑戰，甚至還可能失去自家電子書的訂價權。

刊登作者聯盟抗議書的《紐約時報》，以前還在推銷口袋書，外國讀者看來格外諷刺。抗議函原有一句：「圖書不是一般商品，不能廉價製作，作者也不能外包給中國」。作者聯盟後來驚覺不妥，四天後主動把「中國」改成「其他國家」。短短幾字，透露爭執的關鍵。傳統出版社視亞馬遜為鄙陋的批發商，若任由以賣場方式糟蹋好書，難保不會以同樣方式對待出版社：委外製造。

傳統出版業對亞馬遜的窮追猛打，顯露應變不及的焦慮；自炫博學者抗拒電子書，則暴露知識的高傲。文學史明示：大眾化為經典的要素。莎士比亞時代，劇場藉便宜的站票讓莎劇深植人心。中產階級崛起，帶動小說的興起。狄更斯於廉價雜誌連載作品，甚至根據讀者意見修改故事，擄獲更多讀者。《簡愛》結尾──「讀者，我嫁給了他」──更是直接與讀者對話。文學要靠讀者延續；沒有讀者的世界，就是沒有文學的世界。

我們不禁想到小說家吳爾芙所稱頌的「普通讀者」。她引用十八世紀英國文人約翰遜博士（Samuel Johnson, 1709-1784）所言，「能與普通讀者有相同意見，最為高興」。商場角力請回歸密室，不要吵到讀者，畢竟掏錢的是默默看書的普通讀者。

17

書房年中大掃除：清不完的 TBR 書堆

越來越多讀者買書以後就擱在書架上，時間久了反而變成「不讀書」。為何會有這種矛盾的現象呢？

英國小說家大衛・洛吉（David Lodge, 1935-）在一九七五年獲得霍桑登文學獎的小說《換位》（*Changing Places*）中，發明一種名為「奇恥大辱」（Humiliation）的遊戲，玩家需輪流說出自己沒讀過、但別人應該讀過的書名，有幾人讀過這本書就得幾分。故事裡英文系教授聚餐時在玩這個遊戲，有位教授舉手說：《哈姆雷特》，贏家馬上誕生！

英文教授沒讀過《哈姆雷特》，就像國文老師沒念過《論語》一樣荒唐。消息傳開沒幾天，這位教授就被解聘了。他的遭遇雖然很丟臉，卻令人同情。面對浩瀚書海，大家都有應該要讀卻未讀的書，給勇於承認的人按個讚吧！

不斷延後的「稍後再讀」

TBR 是英文 To Be Read 的縮寫（read 讀 /red/），指實體或電子形式的「待讀之書」，很類似社交閱讀網站 Goodreads 的 To Read，只不過 TBR 是指已擁有卻「擺在那兒等著讀」的書。

大多數讀者跟《換位》書中的那位教授一樣，待讀之書大都是以前學校規定的讀物，再加上平時購入的得獎或暢銷作品。閱讀頻率趕不上囤積書籍的速率，「待讀書堆」（TBR pile）逐漸成形，佔據書架或閱讀器的實體空間。經歷多次稍後再讀的延宕，閱讀熱情慢慢降溫，本來要讀的書就變成「不讀的書」。為什麼會有這種矛盾的現象呢？

瀏覽習慣有決定性的影響。當代讀者花很多時間上網，常藉 Pocket、Instapaper、Evernote Clearly 等閱讀幫手儲存大量資訊（臉書也有類似功能），「稍後再讀」成為主要閱讀模式。近幾年購書管道更加便利多元，手機可隨時買書，許多經典作品甚至免費，於是「下載」的急迫性勝過「閱讀」的重要性。買了書「稍後再讀」成為共通的毛病。

為數可觀的「稍後再讀」網頁與 TBR 書堆，是很不同的負擔。網頁若無暇消化或失去參考價值，從 Pocket 中刪除就如清除紀錄般無感。可是，剛買的大塊頭電子書（如《發光體》）是很難隨興刪除的；學生時代就擺在書架上的《基督山恩仇記》，也會不忍順手丟入資源回收。清理待讀之書不像清空記憶體那麼簡單，畢竟書是有份量的，還是花錢買的。

消化不完的書單

當代閱讀已成為可分享的群體活動，Goodreads 的連結無所不在，「奇文共賞」

容易產生消化不完的 TBR。網路社群促使讀者尋找評價高的書加入 TBR，就如臉書「加入好友」般酷。無奈，閱讀熱情一旦退去，待讀之書很快就淪為名單底層的「點頭之交」。

待讀之書跟朋友一樣，也有受八卦影響的困擾。網路有許多無厘頭的「一顆星」評價，讀了以後易讓人心生偏見。另一個極端就是詳述書本內容的「五顆星」書評，讀完後就失去實際閱讀的動機，書到手後自然被放入 TBR 遺忘。

閱讀的時間點也會造成擱置的現象。許多待讀書曾是學校讀物，長大後縱然有心把書看完，但想到當年老師的模樣，頓然失去重拾「課本」的雄心。忙碌的生活更讓人無暇消化書單。誰有空讀完八百多頁的《安娜・卡列妮娜》？念完著名的第一句後，還是看電影去吧。

待讀／不讀的心理學

TBR 容易引發「書讀不完」的負面情緒。根據耶魯心理學博士、小說家 Jennifer

Lynn Barnes 指出，TBR 是「認知失調」的產物。當讀者從 TBR 選書來讀時，「為何選甲而不選乙」的衝突會讓潛意識改變認知，以求與行為一致（認知和諧）。因此，每次選書都會產生不利於「落選書」的想法。久而久之，待讀書越多，落選書也越多。這種現象說明為什麼有空讀書時，某些待讀書總是不會被挑中。

為了解決 TBR 所造成的「不讀書」問題，有人建議應徹底改變認知，丟掉 TBR，卸下「等待」的包袱。他們認為，不應強迫自己閱讀「以前」想讀的書。然而這個方法雖能求得「認知和諧」，但會錯過許多讀好書的機會。若每位讀者都抱持「不管過去」的心態，經典作品很快就會消失。

讓 TBR「敗部復活」最好的方式，就是降低待讀的數量，以減少認知失調。心理學家建議，可將 TBR 分類，每類的書籍自然減少，「落選書」就會變少。還要記得時常更換 TBR 的次序，以增加每本書出線的機會。另外，電影輔助閱讀也是普遍的解決方式。成功的改編電影能提升閱讀動機，看完電影會有「早知道就先讀書」的覺醒。加入讀書會或閱讀群組的讀者，可嘗試「TBR 閱讀挑戰」，訂定期限一起消化共通的 TBR，會有難得的成就感。

TBR 就像一堆沒做的功課，還不能資源回收。清完 TBR，才能順道心靈大掃除。只待一鼓作氣，快把書本打開。

六選一，抽空來讀吧！

□《咆哮山莊》：從小聽到大，的確值得一讀。

□《法國中尉的女人》：愛情小說首選。

□《紐約三部曲》：文青必讀。

□《贖罪》：比電影還精采。

□《雲圖》：真的很棒。

□《One Day》：剛出版時倫敦地鐵人手一冊，是有原因的。

18

文學作品加註警語的爭議

「警告：以下內容涉及XX，可能令人不安」：美國大學生自主發起「文學作品加註警語」運動，反映數位時代閱讀觀念的改變。

二〇一四年春季，美國好幾所知名大學的學生會提案要求：課堂上講授可能會令人不安的內容前，教授須提示「觸發警語」（trigger warning），以免造成學生身心不適。

觸發警語原為網路用語，源自女性社團為鼓勵成員分享受創故事，但顧及露骨情節會觸發創傷後壓力症候群（PTSD），於是在敏感畫面或文字出現前顯示警語。近幾年網路話題附加警示的作法氾濫，二〇一三年號稱「觸發警語之年」，美國校園顯然難敵這股風潮。

觸發警語波及校園

學生認為，課堂不應強迫閱讀或觀看會引發受創反應的教材，教授有義務事先警示，學生才能做好心理準備。

因此，加州大學聖塔芭芭拉分校學生會要求學校推行教材加註警語的政策；俄亥俄州歐柏林學院（Oberlin College）則依學生要求，將警語制度納入性騷擾防治辦法。歐柏林學院是美國第一所招收女生與黑人的大學，以自由思想聞名，如今又帶頭提出新思維，廣受輿論關注。

這類提案最具爭議性的，是文學作品是否適用的問題。如歐柏林學院條文舉例指出，課程若需討論非洲文學之父阿契貝（Chinua Achebe, 1930-2013）的《分崩離析》，教授須預先告知學生該書涉及種族迫害等創傷事件。此原則也適用於《大亨小傳》、《戴洛維夫人》等經典小說，教授應警示書中有性別暴力或自殺等情節。校方甚至建議教授，避免採用需加上過多警語的敏感教材，必要時應尋求替代教材，以減少觸發因子。

網路野火一路蔓延燒至校園，造成意想不到的結果。加州大學學生會通過提案後不久，校內一名教授與手執反墮胎海報的學生發生肢體衝突，鬧進警局。教授認為海報令人不快，違反校內規範；受攻擊的學生則主張言論自由。此事件顯示，觸發警語已非單純的網路運動，有可能會限制多元意見的表述。

歐柏林學院學生的訴求與校方配合的態度，招來各界批評。觸發因子包羅萬象，實難掌控。歷史課要如何避開戰火？現代藝術史要如何刪除「不雅畫面」？文學教授更面臨沒有替代教材的窘境，因為經典作品都談生死，全是悲劇。難怪有人調侃，乾脆在英國文選封面印上「警告：內含壞事一堆！」

文學的宣洩作用

以亞里斯多德的美學觀之，文學有宣洩的功能。學生要求警示的「壞事」其實並不壞。諮商輔導採行「閱讀治療」，透過讀者對故事的同理心抒發負面情緒，對受創者具有正面療效，正是悲劇洗滌作用的最好例證。

文學「反映社會，表現人生」，意義也在於此。社會並非只有喜劇，人生也不是皆大歡喜。令人不安的情節呼應現實，理當引發情緒反應。課堂裡難道非將哈姆雷特拿著匕首的獨白念成「要生【警告：以下內容觸及自殺】或要死，這才是問題？」藝術也是一樣，梵谷自畫像的耳朵若打上馬賽克，就失去意義了。

文學與 PTSD 的關聯有待學者研究。可是，文學引發的情緒反應與精神科病症不能混為一談。若因有人對作品感到不適而要求改變眾人的閱讀方式，許多作品將布滿警語，遮蔽了故事的真諦。

電子書若內建警語

觸發警語運動類似讀者發起的自我審查（self-censorship），有別於政府機構的審查，是當代新興的文化現象。例如，美國有許多家長團體要求學校刪除「不當教材」。二〇一四年五月愛達荷州一所中學禁止學生閱讀薛曼．亞歷斯（Sherman Alexie, 1966-）得獎作《一個印第安少年的超真實日記》，學生於公園傳閱本書，家長甚至報警制止。

根據美國圖書館協會指出，二十世紀百大小說有近一半曾受抗議而被學校禁止閱讀。抗議案件逐年增加，二〇一三年被要求從圖書館下架的前十名「不良作品」，竟包括諾貝爾文學獎得主童妮．摩里森（Toni Morrison, 1931-）的《寵兒》，胡賽尼（Khaled Hossein, 1965-）廣受好評的《追風箏的孩子》也榜上有名。講求言論自由的美國，好像重回禁書年代。

讀者自我審查常就文字片段做出判定，忽視作品意旨與整體性，電子書的普及，勢必加劇斷章取義的傾向。搜尋關鍵詞就能挑出「不雅文句」，根本不需逐字讀完全書。上網或滑手機的跳躍式瀏覽，逐漸改變現代人的閱讀習慣，進而影響心態。文學作品淪為網頁資訊，不再高高在上，僅是眾多視窗裡的小分頁。

自我審查的風氣若持續高漲，觸發警語很可能會隨圖書一起電子化。閱讀電子書所觸發的彈出視窗，將成為無所不在的即時警示；若有超連結，還可能會反客為主，取代正文內容。內建的觸發警示就算可自行關閉，將化為與作品不可分割的隱藏檔案，留給有心人操弄的空間。電子警語是否對讀者真有助益，歐威爾的《一九八四》已預言答案。

第三式

深夜進行式，
當代文學與人生

19 你讀暢銷書嗎？

暢銷書是文化地圖的必遊景點，要瞭解時代的故事，不可不讀暢銷書。

二〇一六年二月十九日，全球熱銷四千萬冊的《梅岡城故事》作者哈波．李（Harper Lee, 1926-2016）逝世。緬懷作者傳奇人生之際，我們也不禁想到暢銷書的文學現象。

《梅城》探討美國的種族問題，一九六一年榮獲普立茲獎以來，持續暢銷半世紀：二〇一五年英美書市 Nielsen BookScan 年度暢銷小說榜上，本書排名第七，而其

「續集」《守望者》則為榜首。不過，李雖廣獲讀者喜愛，仍與其他暢銷作者一樣，難逃文人相輕的命運。

被藐視的暢銷作家

根據調查，與李同期的作家詹姆斯．鮑德溫（James Baldwin, 1924-1987），一生全然未曾論及《梅城》；名小說家拉爾夫．艾里森（Ralph Ellison, 1913-1994）近千頁的評論集裡，也隻字未提這本暢銷作。這兩位黑人作家長期關注種族問題，卻對本書不予置評，應是對暢銷書有不同價值認定所致。二〇一五年七月，哈波．李熱潮再起時，老牌雜誌《新共和》刊登系列評論，標題即明指「《梅城》到底有多好？」、「《守望者》根本不應出版」，頗有當頭棒喝之意。

美國筆會前會長 Francine Prose 為瞭解美國學生閱讀程度低落的原因，調查中學讀物後指出，問題出在學生讀的都是《梅城》、《麥田捕手》等暢銷書。二〇一五年三月，美國筆會將言論自由獎頒給《查理週刊》時，Prose 公開反對，並與麥可・翁達傑（Michael Ondaatje, 1943-）等五位作家聯合拒絕出席典禮。這些藝文人士對暢銷讀物的負面態度，自不在話下。

史蒂芬・金的作品銷售超過三億冊，二〇〇三年獲頒圖書基金會傑出貢獻獎，領獎時他特別呼籲，文壇應革除對暢銷作家的歧視。他指出，很多出版界人士以「不讀」暢銷書而自豪：「刻意與當代文化保持距離，居然會是一種加分？」

無奈，「暢銷書不值一讀」恐怕已成雅士的共識。知名文學家哈洛・卜倫（Harold Bloom, 1930-）得知史蒂芬・金獲獎的消息時，即感嘆：「這是當代文化弱智化的最低點。」

經典與暢銷：相斥或相吸？

卜倫一九九四年發表《西方正典》，推崇莎翁的文學傳統。此書出版時，英國小說已有超過兩百七十年的歷史，三分之一屬二十世紀。可是，卜倫眼中的二十世紀英國經典小說家，卻只見喬伊斯、吳爾芙等世紀初作家。後來雖有補充書單，但英美小說家也僅止於馬克・吐溫與歐威爾。當代讀者不禁搔頭納悶：二十世紀暢銷作家果真無人夠格角逐經典嗎？

經典固然需要時間的淬鍊，作品暢銷與否也非傳世的要件，可是，「經典」與「暢銷」關係微妙，都值得關注。二〇一五年十二月，BBC文化專欄曾調查外國人心中的偉大英國小說。百大小說裡，有高達四十一本是一九五〇年以後的當代小說，其中包括許多當代暢銷書：《午夜之子》、《殘餘地帶》、《小陌生人》、《柳橙不是唯一的水果》，及《狼廳》、《回憶的餘燼》等。

BBC的書單顯示，當代讀者已逐漸遠離象牙塔式的閱讀：諸如《美的線條》、《大海，大海》、《發條橘子》等暢銷書，不僅能獲文學獎的肯定，也能有廣大的讀者群。因此，「經典」與「暢銷」其實並不衝突。

「新中眉」讀者的興起

卜倫認為狄更斯與喬治・艾略特是英國經典作家。其實，這兩位小說家都是維多利亞時期的暢銷作家，狄更斯的《孤雛淚》和艾略特的《米德鎮的春天》（*Middlemarch*）正是十九世紀的暢銷書。普羅大眾的暢銷書，若經名人加持，就會變為精緻文化的經典。

例如，英國小說家吳爾芙以「高眉」（highbrow）自居，鄙視庸俗的「中眉」（middlebrow）：「有誰敢視我為中眉，我一定拿起筆把他戳死。」不過，她卻很喜歡《米德鎮的春天》，認為「這是英國小說裡，少數幾本為成人而寫的作品。」

當中產階級成為文化消費的主體，「中眉」也逐漸失去負面意義。二〇〇八年，英國史崔克萊大學（University of Strathclyde）成立研究中眉文化的「中眉網路」，許多過去被忽視的暢銷作家又重獲重視。二〇一一年八月一日，英國《每日郵報》呼籲，社會應肯定大眾閱讀的中眉品味，因為，暢銷書都是「自己父母與小孩能懂的東西」，不會讓人疏離。

二〇一三年，唐娜．塔特（Donna Tartt, 1963-）的《金翅雀》推出後很快成為暢銷書，可是，《紐約書評》等多家主流雜誌卻給予極具殺傷力的負面評論。很多讀者無法苟同，在 Goodreads 等閱讀社群激辯。此書後來榮獲二〇一四年普立茲獎，成為話題小說。網路時代，「新中眉」作家與讀者成為不可忽視的一群。

要瞭解時代的故事，就要讀暢銷書。近年全球貧富不均，《二十一世紀資本論》暢銷國際；二〇一四年，《星際效應》等科學電影盛行，《七堂簡單物理課》在義大利半年內熱銷十四萬冊；二〇一五年，俄國政府施政強硬，《一九八四》成為俄國年度暢銷書。最近美國種族問題惡化，黑人作家塔納哈希·科茨（Ta-Nehisi Coates, 1975-）的《在世界與我之間》二〇一五年七月出版後，持續蟬聯暢銷榜。

讀暢銷書就像文化地圖的打卡，親身造訪，眼界才會開闊。日後閱讀旅程上，才能看到更多屬於自己的最佳景點。

20 當代小說的反恐戰爭

後九一一時代，歐美作家要如何看待恐怖主義的陰影？

二〇一五年十一月十三日，巴黎再度發生恐怖攻擊事件。自同年初《查理週刊》事件以來，恐攻已在法國奪走多條人命，西方反恐戰爭成效未見，卻已將恐怖主義引入家門。

恐攻當晚，英國小說家伊恩·麥克尤恩剛好就在市中心一處餐廳用餐，離屠殺熱點「不到一英里」。作家與「死亡邪教徒」擦身而過，不勝唏噓。他有感於恐怖份子「蠻橫的虛無主義與仇恨」，恐攻隔日便發文表示：「於此暗黑時節，我們都很自豪成為巴黎人。」

麥克尤恩指出，恐怖份子的作為已達「非人」的地步。二〇〇一年九一一事件爆發時，他也曾說，人性的精髓為同理心，劫機者若能為人設想，「怎下得了手」，因此，「缺乏想像力是恐怖份子的諸多罪刑之一」。

理性與藝術的反恐

小說家眼裡，自命為聖戰士的恐怖份子，純粹是人性的悲劇產物，唯有理性與藝術才能抗衡其偏執狂熱。麥克尤恩的《星期六》，就是個好例子。

故事發生於二〇〇三年倫敦的一個週末，到處都有群眾示威反對英國出兵伊拉克。主角為腦神經外科醫生，一早就看見疑似受到恐攻的客機迫降，上班途中，驚魂未定，與壞人發生交通事故。沒想到當晚壞人找上門來，狼爪伸向女兒，逼她朗誦一首英詩。後來情勢逆轉，醫生被醫院急電召回，躺在手術台上的病人，竟是意外昏迷的壞人。

《星期六》的寓意明顯：尋仇的壞人充滿憎恨，好比恐怖份子，反社會的行為乃腦部病變所致，加深對恐怖主義的諷刺。扭轉局勢的英詩〈多佛海灘〉（“Dover Beach”），為十九世紀詩人阿諾德（Matthew Arnold, 1822-1888）宣揚以愛情抵禦戰火的名作，象徵文學的反恐力量；醫生成功為壞人完成開腦手術，代表理性主義的終極勝利。

《星期六》描繪客廳即戰場的反恐氣氛，顯示恐怖主義的陰影已全然籠罩西方社會。恐攻不僅無法預期，還可能是來自偏執的自家人。歐美各國最近皆傳出多起境內恐攻案例，印證文學作品的預言。

「反敘事」小說

美國作家唐・德里羅（Don DeLillo, 1936-），自一九七〇年代就致力思索當代社會的恐攻議題。一九七五年，他在紐約寫作期間，適逢曼哈頓發生多起爆炸事件，兩年後，以恐攻為題的《玩家》（*Players*）問世。在世貿中心上班的主角加入恐怖組織，密謀炸毀紐約證券交易所。女主角也在世貿中心工作，總覺「大樓看起來不耐久」，「經過的飛機好像快要撞上大樓」。九一一毛骨悚然的巧合，讓德里羅聲名大噪。

一九九一年，德里羅出版代表作《毛二世》，處理恐怖主義與當代社會之不可分割。故事描寫一位隱居的作家意外捲入貝魯特的人質挾持案，對恐怖主義見解獨到：「我以前認為，小說家尚能改變文化的生命。如今，這項工作已被炸彈客與槍手取代。」主角寫作多年毫無成果，象徵當代文學已逐漸疲軟，故事結尾，他輕如鴻毛之死，讓人感嘆文學已失去作用。

德里羅認為，恐攻新聞替恐怖份子布下無人能逃的大敘事，九一一事件讓「恐怖份子再度掌握全世界的故事」。不過，小說家應有責任讓殺戮故事「止於爆炸廢墟」，要從受害者中寫出「反敘事」，才能抵禦無所不在的恐懼。作家二〇〇七年的《墜落的人》（*Falling Man*），以受害者觀點看九一一事件，正是反敘事的例證。

同期歐美作家也寫下具有相同精神的作品，代表作有：強納森．薩弗蘭．佛爾（Jonathan Safran Foer, 1977-）的《心靈鑰匙》，以兒童觀點勾勒恐攻陰影；約翰．厄普代克（John Updike, 1932-2009）的《恐怖份子》（*Terrorist*），描寫美國穆斯林青年所受的宗教衝突；澳洲作家理察．費納根的《不知名的恐怖份子》（*The Unknown Terrorist*），記敘一位鋼管舞者被誤認為恐怖份子的故事；比利時作家 Luc Sante 二〇一五年十月新作《另一個巴黎》（*The Other Paris*），記錄巴黎的小巷生活，將人文記憶注回恐攻受害之都。

恐怖的背面

蓋達組織、ISIS 等恐怖攻擊不僅涉宗教的千年宿怨，更與美國外交政策有直接關係。早在一九八九年，知名學者諾姆．杭士基（Noam Chomsky, 1928-）已於《恐怖主義文化》點出，實行恫嚇外交的國家，才是真正的恐怖輸出國。

加拿大學者強納生．柏克（Jonathan Barker）於《誰是恐怖主義》強調，北愛爾蘭、西班牙、以色列等案例皆顯示，「某人眼中的恐怖份子，實乃他人心中的自由鬥士」。面對恐攻報導，西方人應捫心自問：「相同處境下，我會不會做出一樣的事？」

榮獲二〇〇六年諾貝爾文學獎的土耳其作家奧罕．帕慕克（Orhan Pamuk, 1952-），也於散文集《別樣的色彩》提出反思的重要性：西方國家「光是把恐怖份子炸離地球表面」是無濟於事的，應「試著去瞭解那些貧窮、受辱、遭懷疑與排擠的人民的精神生活」。帕慕克二〇〇二年的《雪》，以一位土耳其流亡詩人返鄉的衝擊，點出伊斯蘭社會的文化問題，寫下有別於歐美作家的反敘事小說。

帕慕克非常推崇杜思妥也夫斯基的《附魔者》（*The Possessed*，又譯《群魔》）：「沒有其他任何一本小說對我影響如此之深。」本書描述政治信仰如何蒙蔽俄國的知識青年，進而讓人犯下相殘的罪行。如帕慕克觀察，附魔者「背後有一股強大的權力慾」，想掌控「周遭人事物，整個世界。」他很佩服杜氏有勇氣寫出這個「可恥的祕密」。

二〇一五年歲末，恐懼的魅影環伺，仇恨鬼影在各地浮現。期盼未來能有更多西方作家勇於面對心中的群魔，寫出屬於全人類罪與罰的故事。

21 經典故事永不落幕

經典改編小說如同閱讀的賦格與變奏，是當代書市最為有趣的區塊。

二〇一六年四月二十一日，英國舉國歡慶女皇伊莉莎白二世九十大壽，大英國協境內燃起一千多把烽火祝壽，登上國際版面。較不為人知的是，當天也是《簡愛》作者夏綠蒂．勃朗特的兩百週年誕辰。這個「撞期」的紀念日，在英語世界具有同樣薪火相傳的意義。

在勃朗特生長的年代，「小說」被視作稗官野史，「女小說家」更被認為是離經叛道。她年輕時曾向桂冠詩人羅伯特・騷塞（Robert Southey, 1774-1843）討教，詩人勸她不要異想天開：「文學不是、也不應該是女人生活裡的要務。」幸好勃朗特不服輸，一八四七年發表《簡愛》，英國小說最具自我意識的女主角就此誕生。

《簡愛》敘述一位飽受欺負的孤兒拒絕向命運低頭的故事。本書出版前，英國文學從來沒有女主角能如簡愛般勇於實踐自我：「我是一個具有獨立意志的自由人。」簡愛選擇自己的人生，故事尾聲那句「讀者，我嫁給了他」是許多讀者印象深刻的名句，以主動語態宣布收服了曾欺騙她的男主人，展現女性意識的覺醒。

英國在位最久的女皇與最知名的經典作家同一天生日，這項歷史巧合，可讓當代讀者更加體認《簡愛》對兩性平權的遠見。

意猶未盡的結局

《簡愛》刻畫弱女子反敗為勝的故事，著實大快人心。不過，深受女性主義教化的當代讀者欣賞《簡愛》之餘，不免對故事的結局感到意猶未盡。《戴珍珠耳環的少女》作者崔西・雪佛蘭（Tracy Chevalier, 1962-）非常喜愛《簡愛》，特邀多位女作家改編原著，二〇一六年三月出版《讀者，我嫁給了他》（*Reader, I Married Him*）短篇故事集，收錄了二十一種不同的結局。其中一篇將簡愛改寫為被欺騙感情的穆斯林女子，非常動人，印證經典文學的元素也能打破文化樊籬。

韓裔美國作家 Patricia Park 二〇一五年五月發表《Re Jane》，把簡愛改寫成在紐約當保母的韓裔少女，與男主人的不倫戀，點出亞裔美人身分認同的問題。亞洲版女主角的作風比本尊更為主動果決，博得許多移民讀者的認同。

美國小說家琳西・斐（Lyndsay Faye）二〇一六年三月發表《Jane Steele》，以歷史懸疑小說的手法改寫《簡愛》。女主角與簡愛際遇相同，卻以更激烈的手段應付暗黑人性，成為連環殺手：「讀者，我謀殺了他」。戲劇化的情節循原著架構徹底顛覆原著，讀來十分痛快。琳西・斐是經典故事的改編能手，二〇〇九年的《福爾摩斯與開膛手傑克》讓英國神探對上頭號兇手，為書迷解開歷史懸案，是近年源自《福爾摩斯》系列最出色的改編作品。

改編作品的創新

一九九〇年代以來，經典改編小說盛行，同時亦有許多改編作品搬上銀幕，成為文化商品。二〇一六年二月發行的新片《傲慢與偏見與殭屍》，原著即賽斯・葛雷恩—史密斯（Seth Grahame-Smith, 1976-）二〇〇九年的同名暢銷改編小說，印證經典作品魅力不減。

不過，源自經典的改編作品，若要像經典一樣持續發燒，就不能只是單純的衍生。模仿原著的改編，充其量只是複製品，有「掏空」經典之嫌。改編作品需以經典為範而超越模範，才能真正創新。

美國作家 Susan M. Wyler 深受《咆哮山莊》啟發，二〇一四年將這部狂野的愛情小說改編成《Solsbury Hill》。女主角發覺《咆哮山莊》藏有家族祕密，自己的命運與原著作者相互糾結。在 Wyler 的巧思下，約克郡不再咆哮，荒原傳來溫情的呼喚。

改編作品若能替讀者探究原著未清楚交代的人物，就更為成功創新。曾入圍曼布克獎的英國作家羅納德・弗拉姆（Ronald Frame, 1953-），很同情狄更斯《遠大前程》（*Great Expectations*，又譯《孤星血淚》）裡謎樣的哈維森小姐。為「平反」這位不討喜的角色，二〇一三年特地寫下她的前傳《Havisham》，以溫情筆觸揭露哈維森少女時代的創傷。

閱讀的賦格與變奏

近年書市許多創意十足的改編小說，都能擺脫原著羈絆，創造自身價值，成為值得關注的新文類。美國作家珍・斯邁利（Jane Smiley, 1949-）一九九二年普立茲得獎作《褪色天堂》（*A Thousand Acres*），把《李爾王》改編成北卡羅來納州的家族糾紛；大衛・羅布列斯基（David Wroblewski, 1959-）二〇〇八年的暢銷書《索特爾家的狗》，把《哈姆雷特》的故事搬到威斯康辛農莊。英國暢銷作家菲力普・普曼（Philip Pullman, 1946-）的《黑暗元素》三部曲，以奇幻文學改寫十七世紀名詩《失樂園》。以上作品顯示，當代改編小說具有跨界賦格的特質，有利新一代讀者欣賞原著雋永的旨意。

諾貝爾獎得主柯慈將《魯賓遜漂流記》加以改編，一九八六年發表《仇敵》，以女性觀點道出不同版本的漂流記；美國詩人 Laurie Sheck 從《科學怪人》獲得靈感，二〇〇九年發表五百多頁的怪獸日誌《A Monster's Notes》；英國小說家莎娣・史密斯（Zadie Smith, 1975-）二〇〇六年獲頒柑橘獎的《論美》，堪稱當代最動人的《此情可問天》（*Howards End*，又譯《霍華德莊園》）。這些改編小說都讓當代小說的創作與閱讀，交融出源自經典的賦格與變奏，有助經典文化的延續。

經典改編小說是作者與讀者最親近的創作形式，因為雙方都喜愛同一本原著。改編作品就像作者與書迷的深度閱讀分享，如同《仲夏夜之夢》的精靈迷藥，效果神奇，能讓讀者不再無聊，頓然看見閱讀世界的奇妙。

22

當代詩越界重生

當代詩雖沒有廣大市場，卻持續以跨文類的形式左右文學的動向。

四月為美國詩歌月，每年此時，詩人學院（Academy of American Poets）都會在各地舉辦系列活動，網站提供三十種慶祝方式，包括在人行道塗鴉詩句等創意想法。二〇一六年四月二十一日適逢「口袋詩節」，學院鼓勵大家帶詩外出與人分享，並藉推特 #pocketpoem 散播讀詩的喜悅。

二〇一六年活動海報以經典詩的文字圖像為主題，由《品牌這樣思考》名作者黛比・米曼（Debbie Millman）設計，張貼於全美十二萬處場所。海報上斗大的「life」（人生），格外引人注目，並讓人思索：詩與當代人生的關係何在？

讀詩人口萎縮

這是一個迫切的問題，因為，讀詩的人越來越少。據美國國家藝術基金會調查，人口流失最嚴重的藝文活動，除了看歌劇，就是讀詩。

一九九二年，美國約有一七%的民眾曾於一年內讀詩，可是，二〇一二年，只剩六・七%；二十年間，讀詩人口萎縮超過五〇%。同期，美國民眾一年內讀小說的比例高達四五%，明顯勝過讀詩。

Google 搜尋趨勢也顯示，詩近年愈趨冷門。二〇〇四至二〇一六年間，「詩」的熱門度每年下滑，十二年間降低八〇%。值得注意的是，「浪漫詩」的搜尋熱度明顯大於「當代詩」，而搜尋熱度的起伏符合學校考試的週期。因此，我們可大膽推論，詩的主要讀者為學生，課堂外，當代詩面臨讀者流失的空前危機。

當代詩的危機

詩的危機直接反映於出版與銷售面。二〇一三年五月，英國 Salt 出版社驚見詩集銷售量五年銳減五〇%，被迫決定不再出版個人詩集。若像 Salt 這種國際知名的出版社都面臨財務壓力，遑論小規模的獨立書商。

當代詩的讀者實在太少，專門出版前衛詩的美國 BlazeVOX 出版社，二〇一一年九月決定向作者酌收兩百五十美元（約台幣八千元）的出版「捐款」，惹來批評。詩人 Reb Livingston 出面聲援表示，她經營的獨立出版社的新詩曾被納入年度詩選，四年卻只賣二二八本，其中兩百本還是詩人自掏腰包買入的。她指出，一般詩作平均銷售量才約二十五至三十冊。因此，詩人不應苛責出版社，而應正視出版的困境。

二〇一四年六月，英國 BBC「新聞之夜」名主持人傑瑞米．派克斯曼（Jeremy Dickson Paxman, 1950-）擔任前衛詩獎評審時呼籲，詩人應反省大眾為何會對詩逐漸無感。他認為，當代詩人忽略一般讀者，只顧推陳出新，以致「縱容詩成為無關痛癢的文學形式」。

其實，當代詩並非完全「無關痛癢」，若能避免曲高和寡，危機中仍有轉機，因為詩仍保有源遠流長的內緣特質：簡潔。「一粒沙中見世界」：詩雖是古老的形式，卻最符合現代人講求輕薄短小的閱讀習慣，最適合透過行動通訊傳播，所激發的反應也最為快速直接。

二〇一六年四月四日，美國詩人 Calvin Trillin 在《紐約客》發表一首調侃中國料理的新詩〈省份有玩沒完？〉（"Have They Run Out of Proviness Yet? "），描寫中國各省食物入侵西方，令西方客不敢領教：「懷念只有炒麵的純真年代。」

本詩刊出後，不到三天便引發軒然大波，抗議歧視華人的弦外之音，令 Trillin 感到十分冤枉。原來，中國餐館代表移民辛酸，在很多人眼中，抱怨「有完沒完」不是幽默，而是死灰復燃畏懼「黃禍」的醜態。

詩能在極短的空間與時間觸發強烈的情緒反應，這是小說與戲劇遠不及之處。

二〇一六年四月，德國藝人 Jan Böhmermann 在深夜節目朗誦一首奚落土耳其總統的打油詩，導致兩國關係緊張。為平息風波，德國總理授權政府起訴藝人。二〇一一年一月埃及反政府運動期間，民眾於解放廣場朗誦當代詩人尼格姆（Ahmed Fouad Negm, 1929-2013）的〈勇者無畏〉（" The Brave Man is Brave "），點燃革命之火。據學者研究，蓋達組織招募聖戰士的主要文宣就是詩。以上例證顯示，詩具有強烈的即刻性，力量不容輕忽。

二〇一六年四月十日，患有自閉症的美國學童 Benjamin Giroux 的短詩〈我是〉（"I Am"）在臉書上瘋狂流傳，一週內有一萬三千人流淚分享。當代生活裡，還有哪種文學形式能像詩一樣，不分老少，在短時間引發廣大迴響？

詩的越界寫作

美國知名小說家約翰．加德納（John Gardner, 1933-1982）曾於《大師的小說強迫症》表示：「深愛文字」雖可成為「出色的詩人」，「但終究無法成為一流小說家。」可是，加德納本身也是詩人，曾將古英語長詩《貝武夫》改寫成小說《Grendel》，開創詩與小說的跨界寫作。詩與小說其實異曲同工，相互加乘。

當代詩近幾年持續展現越界的風格。美國黑人詩人 Tracy Smith 二〇一二年普立茲得獎作《火星上的生活》（*Life on Mars*），以科幻題材寓意疏離的人際關係。華裔英國詩人 Sarah Howe 的《玉環》（*Loop of Jade*），融合中西傳說描寫尋根的故事，二〇一六年一月獲頒艾略特詩獎。

當代小說與散文也可清楚感受到詩的越界寫作。美國詩人 Maggie Nelson 二〇一五年出版的回憶錄《The Argonauts》就像一本散文詩。二〇一四年，新銳作家 Ben Lerner 的《10: 04》、Jenny Offill 的《Dept. of Speculation》皆為極具詩意的小說。美國詩人 Brian Blanchfield 把詩融入散文寫作，同年三月發表散文集《Proxies》，驚豔文壇。因此，當代詩雖地處邊陲，視野卻最為開闊，最有利於創新。

親愛的讀者，想滑手機了嗎？語音搜尋時，請大聲唸出：「當代詩」。

23 失去的藝術：難民文學的荊棘路

難民問題衝擊西方各國內政，難民文學必將成為當代歐美文學的重要課題。

二〇一六年一月，曼布克獎得主理察・費納根應世界展望會之邀，與澳洲藝術家 Ben Quilty 前往希臘、黎巴嫩等國的難民營進行深度之旅，探訪敘利亞難民的悲慘世界。同月四日，費納根發表一篇動人的遊記，道出難民的悲劇：「浩瀚人海如《舊約聖經》的故事，規模如史詩，若沒有親眼目睹，是無法想像的。」

貝卡山谷（Beqaa Valley）難民營位於黎巴嫩與敘利亞邊界，有近四十萬敘利亞難民困在其中，等待收容期間，哪裡也去不了，就像活在地獄邊際：「另一個失落的世界，反轉的香格里拉。」

難民營氣氛憂鬱無助，孩童的圖畫都是以飛機、屍體為題材，色調黑暗，唯一醒目的只有鮮血的紅色，令費納根十分痛心。難民寧願死在海上，也不願死在暴政與宗教的混戰裡。渡海過程失去親人，成為求生的原罪。作家的妻子也是來自難民家庭，他頓然驚覺，自己有義務寫下難民的故事，因為，「難民是你，也是我。」

走入難民營的作家

費納根是近期少數幾位曾親身造訪難民營的西方作家。英國暢銷作家尼爾・蓋曼（Neil Gaiman, 1960-）也很關注難民，二〇一四年五月，應聯合國難民署之邀，前往約旦阿茲拉克（Azraq）難民營參訪。

蓋曼寫道：「我們不斷詢問這些人成為難民的原因。誰炸了你們的房子？誰砍了你們親戚的頭？」難民總是滿臉疑惑：「我們怎會知道？太多人想殺我們了。」作家眼見十幾萬人流入阿茲拉克，在世界的夾縫中求生，不禁悲從中來：「我想做的，只有痛哭一場。」

每位難民都代表一個破碎的人生，所面臨的苦悶與疏離，不僅是我們這個世代的故事，也是人類共通的故事。把難民寫入故事，促使大眾反思人性，應是當代作家努力的方向。敘利亞作家 Samar Yazbek 二〇一五年七月的《The Crossing》，正是如此。Yazbek 因反政府而被迫流亡巴黎，二〇一二年以來，三度冒險從土耳其潛回祖國，揭露難民與反抗軍的真實故事：「那邊發生的事很複雜，唯有文學才能表達。」本書著重敘利亞境內的難民心聲，呼籲國際社會應更加重視這些被遺忘的難民。

二〇一五年十月，普立茲中心集結多位記者深入敘利亞難民營的採訪報導，出版《Flight from Syria》，詳述難民的困境。本書可免費下載，希望引起更多關注：

「難民最大的威脅，就是冷漠。」

捕捉難民的心聲

除了敘利亞地區，東非也面臨嚴重的難民問題。二〇一六年一月，英國記者 Ben Rawlence 發表《City of Thorns》，首次揭露達達阿布（Dadaab）難民營的悲慘生活。達達阿布位於肯亞與索馬利亞邊界，為五十萬難民的「荊棘之城」，是世界最大規模的難民營。二〇一一年，Rawlence 以人權觀察研究員身分進駐，以長達半年的時間採訪九個難民家庭，記錄難民陷入絕境的生活點滴。

對西方國家來說，東非只有「恐怖份子與即將成為恐怖份子」兩種人，進而忽視不屬於兩者而被迫流亡的難民。東非難民被各國排擠，最大的悲哀就是失去夢想：「身心禁錮，放逐於無法實現的夢想與噩夢般的現實之間。」

二〇一四年七月，以色列攻擊加薩走廊，造成近三十萬巴勒斯坦人淪為難民。賈巴利亞（Jabalia）難民營裡，難民作家 Atef Abu Saif 每天以日記與外界分享戰火生活。二〇一五年五月，他將日記集結成《The Drone Eats with Me》，展現作家的韌性：就算無法改變世界，仍要努力活著繼續寫作，因為「希望是唯一的武器」。

非洲厄利垂亞（State of Eritrea）流亡作家 Abu Bakr Khaal，二〇〇八年以阿拉伯文發表《African Titanics》：難民的集體命運，就像注定沉沒的「非洲鐵達尼號」。本書出版後，作家曾受困於突尼西亞難民營，二〇一四年推出英譯本，又恰逢歐洲爆發難民潮。作者始料未及，書中預言竟會成真。

難民書寫的荊棘路

諾貝爾文學獎得主柯慈，二〇一三年以寓言小說《基督的童年》（*The Childhood of Jesus*）描寫難民在虛構的國度獲得庇護的故事。難民被抹去記憶，賦予全新身分。可是美麗世界卻讓他們更加不安：「忘卻過去，換來新生活，代價會不會太高？」

曾是難民的越裔美籍作家賴曇荷（Thanhha Lai, 1965-），二〇一一年以《再見木瓜樹》譜出難民移民的辛酸。英國作家克里斯・克里夫（Chris Cleave, 1973-）二〇〇八年代表作《不能說的名字》，藉奈及利亞難民淪落英國的多難之旅，表露人道救援無力解決難民問題的無奈。

魯西迪曾說：「二十世紀關鍵人物，就是移民。」來到二十一世紀，美國夢不再誘人，歐洲夢也逐漸幻滅，無望的難民與移民一樣，將扮演關鍵角色。都市難民在歐美衍生嚴重的社會問題，當代文學急需新聲音說出難民的故事，因為他們的離散與失去，是文學永恆的主題，會讓我們更瞭解自己。

難民問題近年引發歐美國家保守勢力反撲，難民文學在文化上所面臨的荊棘路，想必會如難民船前的大浪一樣兇猛無情。不過，這條荊棘路的彼端，文學的前途卻清晰可見。

24 當報導遇上文學

白俄羅斯作家以報導文學贏得二〇一五年諾貝爾文學獎，新聞寫作與文學創作的糾葛，再次浮上檯面。

二〇一五年諾貝爾文學獎得主為白俄羅斯作家亞歷塞維奇（Svetlana Alexievich, 1948-）。她的作品不多，近期才有譯本，大家對她都十分陌生。冷門作家得獎雖在意料之中，不過，這次尤其值得關注：這是諾獎有史以來，首次頒給報導文學的作家。

紀實與創作的衝突

亞歷塞維奇是學新聞出身，任職報社多年。她堅信，忠實記錄為再現人生的唯一途徑。她不滿小說家的虛構手法，曾表示：「我認為藝術無法理解人的許多面向。」不過她也不願「單純記錄歷史事件與事實」，強調「我要寫的，是情感的歷史。」

為解決紀實報導與文字創作的衝突，亞歷塞維奇致力尋求寫作的突破，最後終於發展出獨特的綜合文體。她將真實人物的獨白，統籌寫成一部充滿人聲的「合聲小說」（novel-chorus），摒棄外緣敘事，讓真實人物以真實聲音說話：「如此一來，我能同時成為作家、記者、社會學家、心理學家和傳道者。」

小說以虛構手法模擬現實，亞歷塞維奇的作品則全然為真。若將小說家比擬為畫家，亞歷塞維奇就像攝影家：「我要尋求一種表達方式，能充分反映我的視野，表達生活裡真正聽到、看到的。」

小說與新聞關係密切

亞歷塞維奇的合聲小說以文學手法報導真實事件，發揮傳達事實與寓意的雙重功能，展露報導文學的特質。「報導文學」（journalistic literature）與新聞學之「文學性報導」（literary journalism）其實是一體的兩面，在西方文學有悠久的歷史。

西方小說誕生之初，就與新聞有密切的關係。十七世紀後半葉報刊雜誌逐漸流行，促成小說興起。一七一九年，狄福根據真實事件寫成《魯賓遜漂流記》，開啟英國小說的序幕。他曾任十二份刊物的編輯與撰稿人，創作生涯與新聞工作密不可分，他的《大疫年紀事》記錄倫敦瘟疫，為報導文學的濫觴。

十八、十九世紀報刊雜誌持續盛行，開創小說的盛世。許多著名作家都從事新聞寫作，作品「逼真」的小說家，幾乎都是新聞工作者：《浮華世界》（*Vanity Fair*）作者薩克萊、狄更斯、馬克吐溫，乃至近代的海明威、史坦貝克、歐威爾等。這些作家皆擔任編輯或記者，報導工作深刻影響他們的寫作題材與風格。

以英美小說史觀之，報導與文學界線模糊。馬克吐溫擔任舊金山一家報社的特派員時，曾赴歐洲壯遊，旅遊期間發表五十幾篇報導，後來集結成《傻子國外旅行記》（*The Innocents Abroad*）。史坦貝克任職報社期間，曾深入報導加州遊民工人的問題，寫下紀實文學的代表作《憤怒的葡萄》。

海明威早年擔任報社記者，發表一篇名為〈義大利，一九二七〉的報導，描述旅遊之見聞。後來他將標題改為〈祖國對你而言是什麼？〉，收錄於知名短篇小說集《沒有女人的男人》。他一九三五年到非洲狩獵時，於雜誌連載遊記，後來集結成《非洲的青山》（*Green Hills of Africa*），以這本「完全真實的書」與小說一較長短。經典作《戰地春夢》根據親身經歷寫成，幾乎是現實的翻版。

報導文學追求真相

新聞報導與文學雖形式有別，不過，講求內涵的報導與具有美學價值的文學，在追求真理與表現人生的層面，其實並無不同。

一九七〇年代「新新聞學」崛起，重拾十八世紀報導與文學的融合路線。楚門・卡波提（Truman Capote, 1924-1984）探究命案真相的《冷血》（*In Cold Blood*），成為報導文學的新經典。不過，這類書籍常因過於講求文學性而犧牲對事實的客觀報導，飽受新聞界的強烈批評。

新聞報導果真全然客觀？事件如何發生、為何發生，這些問題有時並非黑白分明，有賴訴諸報導文學以補新聞之不足。例如，強・克拉庫爾（Jon Krakauer, 1954-）的《阿拉斯加之死》揭開一名青年的死亡真相，《聖母峰之死》還原山難原貌。書中對事實的呈現雖引發爭議，作者以特定觀點解讀，仍有助釐清真相。

新科諾獎得主亞歷塞維奇曾於雜誌社擔任非文學類編輯與特派記者，三十餘年來致力於報導文學的工作。一九八五至二〇一三年間，她親自探訪飽受戰火與災變蹂躪的鄉野，以記者求真的敏銳手法蒐集第一手資料，完成《車諾比的悲鳴》等五部「來自烏托邦的聲音」系列作品。

每本書寫作前，她都費時五到十年訪談三百至七百人，再花三到四年整理，從中勾勒出一百多個真實的人生故事。作品內容全為受訪對象的獨白，就像沒有旁白的紀錄片。口述歷史經她精心謄錄與編輯，化為具有哲學主題的寓言故事。

二〇一五年十一月，英國出版界公布史上最具影響力的二十本知識圖書，唯一入選的小說類為歐威爾的《一九八四》。歐威爾曾任職於BBC，當過報社特派員，一九三六年親身採訪西班牙內戰，並寫成《向加泰隆尼亞致敬》（*Homage to Catalonia*）。《一九八四》設想一個透過語言控制思想的世界，竄改新聞成為掌控真相的利器：「掌握過去者，掌握未來；掌握現在者，掌握過去。」新聞的力量，實勝於鎮壓的武器。

史坦貝克有感而言：「新聞報導能做善事，也能做壞事。暴政首先要壓制的，正是新聞。新聞是文學之母，也是偽文之源。」面對舊蘇聯與白俄羅斯兩大極權勢力的壓抑，又欲記錄國族命運的真貌，難怪亞歷塞維奇要從報導與文學一體的兩端，力求交融變異，與超越兩者之可能。

25 女性情誼的罪與罰：艾琳娜・斐蘭德的那不勒斯四部曲

義大利作家艾琳娜・斐蘭德（Elena Ferrante, 1943-）以一千七百多頁打造的成長小說，是當代女性書寫最耀眼的作品。

二〇一五年九月一日，義大利作家艾琳娜・斐蘭德的「那不勒斯四部曲」最終回英文版出版，媒體評論十分熱烈。這是繼挪威作家 Karl Ove Knausgård 的《我的奮鬥》，再度在英美書市引發熱潮的翻譯文學作品。

同月，百老匯 Symphony Space 藝文中心於舉辦一場盛大的「那不勒斯四部曲」讀書會，參與討論的人士除《紐約客》與《紐約時報書評》的編輯與評論家，還包括以《Olive Kitteridge》獲得普立茲獎的 Elizabeth Strout，並有 Amy Ryan 等演員於現場朗誦精采片段。

二〇一五年十月，Folio Society 發行《理性與感性》的精裝本，內含斐蘭德撰寫的精采序文。英國文學的經典名作有賴這位外國作家推薦，她的聲望可見一斑。

斐蘭德是當前國際書市最熱門的義大利作家。處女作《不安的愛》（*L'amore molesto*）描寫一位女插畫家返回那不勒斯探究母親之死的故事。第二本小說《放任時期》（*I giorni dell'abbandono*）費時十年發表，敘述一名單獨撫養小孩的母親，如何面對遭受拋棄的空虛人生。這些早期作品皆致力探索「女兒」與「母親」的女性意識，成為她日後一貫的寫作題材。

女作家的成長小說

斐蘭德的前兩部小說在本國很受歡迎，改編電影在國際影展表現不凡，英文版二〇〇五年上市後，逐漸引起國外讀者注意。二〇一一年起，她分四年發表那不勒斯系列小說《那不勒斯故事》（*L'amica geniale*），非常暢銷，以文學小說贏得廣大的讀者群。英美書市少見外國文學小說，那不勒斯小說英文版上市後，很快成為話題書。

故事描寫來自那不勒斯的女作家與童年好友的成長經歷，內容涉及十個家族六十年的人生起伏。主角為艾琳娜與莉拉這兩位成長於一九五〇至一九六〇年代的鄉下姑娘。她們從小展露寫作的天分，艾琳娜乖巧聽話，師長極力栽培；莉拉來自製鞋師傅的窮困家庭，雖天資聰穎，叛逆的作風讓她後來被學校放棄。

故事架構顯然源自《理性與感性》、《簡愛》、《小婦人》等推崇女性情誼的傳統。這兩位好友一起成長，姊妹情誼孕育彼此的寫作動力。中學時期的一起事件改變了她們的命運。莉拉輟學結婚，遭受家暴、失婚的打擊；艾琳娜則離鄉求學，順利成為作家，並與來自望族的教授結婚。

那不勒斯小說最具創意之處，在於帶入偵探小說的反思元素。故事開始時，六十六歲的莉拉突然失蹤。她為何人間蒸發？為解開這個謎題，艾琳娜提筆追憶往事，詳細記錄與莉拉一起成長的過程。後來她發現，自己的小說與好友的失蹤有關；讀者也會發覺，艾琳娜不斷寫作，是為了要掙脫女性情誼揮之不去的毀滅力量。

隱匿身分的作者

那不勒斯四部曲情節緊湊，故事張力極強，能兼顧題材創新與閱讀的樂趣，這應是吸引各國讀者的主因。

此外，作者獨到的創作理念，也格外引人注目：「艾琳娜．斐蘭德」是筆名，沒人知道她的真實身分。她從未公開露面，從不宣傳作品，僅接受少數媒體以書信進行訪談。有關她的資訊實在太少，此不尋常的現象甚至令人質疑她的性別。還有人質疑，此作法恐怕僅是行銷的花招。

可是，斐蘭德曾多次嚴正表達自己的立場：「我並非刻意匿名，我的作品皆有署名；我只是選擇缺席……我要從作品中抽離出來，讓作品不需作者的加持就能說出故事。」她對追求名望毫無興趣：「對我而言，寫作的熱忱絕對不是希望成為作家。」

女性作家隱匿身分其來有自：珍．奧斯汀出版作品皆未署名；勃朗特姊妹以男性筆名分別發表《簡愛》與《咆哮山莊》。不過，這是婦女解放運動前，女性作家的無奈選擇。斐蘭德不是十九世紀的女作家，也不像為盛名所擾的J．K．羅琳，必須隱匿身分才能瞭解讀者的真實反應。除了要讓作品說話，還有什麼原因讓斐蘭德堅持隱藏身分呢？

女性書寫的原罪

斐蘭德指出，書市媒體常把作品化約成作者，以作者聲望論斷作品價值。可是，「作品一旦完成，是不需要作者的。」作者應摒除外在誘因，為寫作而寫作：「對我而言，寫作是抗拒說謊的戰鬥。」拒絕現身，為求創作的真誠與純粹。

女性書寫的強烈自傳性，也是斐蘭德選擇匿名的緣故：「我故事裡的女性都是真實女性的反影。」故事裡，艾琳娜藉寫作道出許多祕密，處理男性作家不願寫的私密題材。在別人眼中，此告白式的寫作卻只是「骯髒作品」。斐蘭德是否預見自己或親友會招致八卦流言的無妄之災？作家確保尊嚴的作法，就跟莉拉一樣極端：在讀者眼前選擇消失。

故事最後，艾琳娜獨自關在公寓：「真實人生與故事不同，故事有清楚的結局，人生則越活越迷惑。」她放下婚姻與家庭，戰勝血緣與階級，雖如願成為作家，仍無法掙脫與莉拉的友情。她把閨中密友寫入故事，但密友卻選擇消失，把兩人的故事從現實抹去。莉拉的消失是對寫作的終極報復，因為，她們一輩子全心全意完成的，竟都是別人的故事。

女性情誼果為女性書寫的最大包袱？因斐蘭德與作品的自我切割，此核心問題，在故事清楚的結局中，懸而未決。

26

舊書變新書：絕版作品重現魅力

絕版好書是歷久彌新的，若重新發行，就成了「新書」，會令人耳目一新。

近年有兩部外國電影，都與奧地利作家茨威格（Stefan Zweig, 1881-1942）有關。法國名導 Patrice Leconte 入選二〇一三年威尼斯影展的《愛的承諾》，改編自《行向昨日的旅程》。美國新銳導演魏斯．安德森（Wes Anderson, 1969-）從茨威格自傳與小說獲得靈感，自編自導《歡迎來到布達佩斯大飯店》，榮獲二〇一四年柏林影展銀熊獎與二〇一五年金球獎。

二〇〇四年中國導演徐靜蕾得獎作《一個陌生女子的來信》，也是改編自茨威格的同名作。喜歡電影的讀友可能會很好奇，這位原著作家到底是誰？

茨威格，又譯褚威格，是一九三〇年代歐洲最知名的作家。他活躍於維也納文藝圈，與弗洛依德、史特勞斯等人都是好友。他擅長以多重敘事的手法處理情慾，寫下許多短篇小說，很受當時的讀者喜愛。

可是，二十世紀中期以後，他在英美等國逐漸被人淡忘，很多作品最後都難逃絕版的命運。直到二〇〇五年左右，英國的 Pushkin Press 與美國的紐約時報書評出版（NYRB）陸續發行新譯本，他的作品在英美書市才又重見天日。

英美年輕的讀者，幾乎都沒聽過茨威格。重新發行的絕版作就跟「新書」一樣搶眼，開啟閱讀的新天地。安德森表示，他偶然讀到新版的《焦灼之心》與《變形的陶醉》（*Rausch der Verwandlung*），才接觸這位「陌生」作家。後來，他不僅拍了一部「很茨威格」的電影，也出版《十字鑰匙會》（*The Society of the Crossed Keys*）選集，與讀者分享激發他電影創作的原著素材。

二〇〇九年，茨威格傳記《昨日世界：一個歐洲人的回憶》新譯本上市，成為書市熱門作品，招來兩極評價。二〇一〇年一月，以翻譯德國文學見稱的詩人Michael Hofmann，在《倫敦書評》力貶茨威格，言下之意，很不滿這股「茨來瘋」。

Hofmann的評論引發各界指責，連薩爾茲堡「茨威格中心」的教授也出面譴責。此事件讓茨威格成為話題人物，很快就從絕版作家變成熱門作家。二〇一三至二〇一四年間，就有兩本傳記在美國上市，他的小說與散文集也陸續再版。二〇一六年一月，企鵝出版社推出《焦灼之心》的新譯本。國內的商周出版已於二〇一五年三月推出此書的全新中譯本，還比國外「搶先流行」。

獨立出版社致力發掘「舊書」

絕版作家的「捲土重來」，是獨立出版社行銷「舊書」的成功案例。二〇〇六年，NYRB 發行前蘇聯作家 Vasily Grossman 以二戰為背景的《Life and Fate》，讀者迴響熱絡，二〇一五年七月，更推出「消失」一百三十年的契訶夫故事集《The Prank》。Pushkin 致力發行異國作家的絕版作品，同年九月推出 Vertigo 系列，重新發行一九二〇至一九七〇年代從各國精選的犯罪小說。

二〇〇九年，美國 Melville House 重新出版德國作家 Hans Fallada 一九四七年描寫反納粹運動的《Every Man Dies Alone》。本書登上暢銷榜後，版權很快被企鵝出版買下，隔年以《Alone in Berlin》擴大發行。美國 The Overlook Press，二〇一二年重新發行德國作家 Albert Vigoleis Thelen 一九五三年的《The Island of Second Sight》。本書曾被湯瑪斯・曼譽為二十世紀的偉大作品，首度發行的英譯本讓讀者有機會認識這部陳年經典。

有價值的「舊書」其實跟「新書」一樣，都有市場潛能。如倫敦書評書店指出：「新書不見得都是好書，好書也不見得都是新書。」新發行的絕版書令人耳目一新，不僅能發揮引介的功能，還能刺激買氣，有助讀者探索被時光埋沒的好作品。

因無名而有名

絕版作家的「起死回生」，有賴獨立出版社的耕耘與名人推薦。作家沒沒無聞的身分，常成為吸引讀者的關鍵。近年最著名的案例，就是二〇一三年一夕爆紅的美國小說《史托納》。

作者約翰・威廉斯（John Williams, 1922-1994），曾以《奧古斯都》（*Augustus*）獲得一九七二年美國國家圖書獎。《史托納》描寫一位大學教授的人生起伏，一九六五年出版後，只賣兩千多冊，最後終於絕版。

二〇〇六年 NYRB 重新發行《史托納》，行銷得宜，本書漸獲重視。二〇一〇年三月，湯姆・漢克斯接受《時代雜誌》專訪，特地推薦本書。二〇一一年，法國知名作家安娜・戈華達（Anna Gavalda, 1970-）所譯的法文版成為暢銷書，打響此書在歐洲的知名度。

二〇一三年七月，小說家伊恩・麥克尤恩接受 BBC Today 節目訪問，特地談到《史托納》。他表示，這本好書的再版，對讀者來說，真是「天大的發現」。這番話很快傳遍全英國，半年內，此書就成為該年度的風雲圖書。

另一個有名的例子，就是《夜牽牛的祕密》。故事描寫美國小鎮一個家庭不為外人所道的愛情與祕密，是沒沒無聞的美國作家潔塔．卡爾頓（Jetta Carleton, 1913-1999）的唯一作品。此書一九六二年出版後，雖曾熱銷數月，仍無法挽回絕版的命運。

二〇〇五年，曾獲普立茲獎的作家珍．斯邁莉，把《夜牽牛的祕密》列入百大小說的行列。在她的加持下，Harper Perennial 於二〇〇九年重新發行本書，卡爾頓的冷門身分，意外讓她突然走紅。

推廣冷門作品是獨立書店經營的趨勢。二〇一一年，舊金山著名的 Dog Eared Books 成立閱讀沙龍，每月討論新發行的絕版書。此趨勢也反映於 neglectedbooks.com 等專門討論冷門作品的網站。

誠如詩人艾略特所言，保有歷史感的創新，才是真正的創新。重現的絕版書能拓展閱讀視野：唯有在舊書裡重溫過去，才能在當下看見創新的契機。

27 回憶是一本值得分享的書

回憶錄記錄人生的起伏，分享生命的苦樂，是最能引發共鳴的文學形式。

當今歐美書市最熱門的類別，當屬雅俗共賞的回憶錄。二〇一五年六月的話題書《我是一個媽媽，我需要柏金包！》以仿照人類學的觀點，記錄作者遊走紐約貴婦圈的遭遇，誇張風趣，引發各界討論。

名人回憶錄常成為書市的強打。例如曾任白宮新聞祕書的黛娜・佩里諾（Dana

Perino, 1972-）二〇一五年四月出版《And the Good News Is...》，記錄她轉戰新聞界的歷程。知名鄉村歌手威利．尼爾森（Willie Nelson, 1933-）同年五月發表《It's a Long Story》，吐露曲折的成長故事。美國前總統卡特同年七月出版《A Full Life》，顯露政界老兵私密的一面。魯西迪二〇一二年的《Joseph Anton》則以類小說的風格描述他隱姓埋名的內幕，還指名道姓抖出背叛他的人，爆料的情節精采緊湊。這類回憶錄以第一手資料揭開個人祕辛，讀起來跟小說一樣有趣。

即使作者本身不算知名，只要跟名人沾上邊，仍舊會受矚目。譬如喬安娜．瑞可夫（Joanna Rakoff, 1972）的《My Salinger Year》，描寫她在沙林傑經紀人旗下的工作經歷。Marja Mills 的《The Mockingbird Next Door》，敘述她與《梅岡城故事》作者比鄰而居的見聞，算是哈波．李的「稗官野史」。由以上近期作品觀之，回憶錄在當代文學的地位，實不容輕忽。

回憶錄的啟示

以《One Day》（《真愛挑日子》）走紅的英國小說家大衛・尼克斯（David Nicholls, 1966-），年輕時立志當演員但星途不順，就在人生跌落谷底之際，朋友送來一本英國詩人 P. J. Kavanagh 的回憶錄《完美的陌生人》（*The Perfect Stranger*）。書裡有關愛與救贖的回憶充滿啟示，尼克斯讀完後，希望油然而生：「這本書拯救了我。」

《完美的陌生人》記述 Kavanagh 早年摸索人生的過程。他曾參與韓戰，回國後遇到改變他生命的「完美的陌生人」。婚後在一個美麗的仲夏夜，生命最無情的打擊悄然降臨。本書結尾非常感人，在尼克斯眼中，是十大催淚文學作品之一。

歷史學家黃仁宇曾被大學裁員，憤而閉關三年，以英文寫下《黃河青山》。書中透露許多美國學界的祕聞，彷如《儒林外史》，讓人不勝唏噓。英國著名文學家 Frank Kermode 在回憶錄《Not Entitled》透露，他出身卑微，後來竟當上劍橋大學教授，又被封爵，他總覺自己「配不上」。知名文學理論家泰瑞・伊格頓的《The Gate Keeper》也以同樣平凡的語氣，回憶自己從鄉下小孩成為頂尖學者的心路歷程。

閱讀回憶錄，就像在人生的十字路口與有緣人交會，陌生人說出你心底的話，他與你一樣，都想做好自己，他的吐露會讓你感動。

回憶錄的療效

小說在虛構的世界求取人生的寫照，回憶錄則講求真人真事，坦率揭開人生的真貌。因此，回憶錄比小說直接，比詩歌易讀，又比戲劇更加赤裸，更能引發共鳴。

雪兒．史翠德（Cheryl Strayed, 1968-）的《那時候，我只剩下勇敢》是最佳例證。她因家庭變故，懷憂喪志，決定放下一切，橫越荒野以探索自我。她的回憶錄擁抱自然，實踐超越主義，如同《湖濱散記》一樣發人深省，改編電影上映後，讀者迴響熱烈。出版社還從書中精選百則箴言，於二〇一五年十月發行選集。

黃仁宇寫道，「我們每個人都總是在重寫和修正寫不完的自傳，過去必須重新投射於現在的嶄新前景中。」文學教授兼諮商師 Alan Hunter 則指出，回憶錄是一種

「心靈工事」（Soul Work）。過去雖無從改變，把往事化成文字的過程，能強化作者活在當下的滿足感，激發心靈的成長。

這讓我們想到美國小說家瓊·蒂蒂安（Joan Didion, 1934-）追憶丈夫的《奇想之年》，與英國自然學家海倫·麥克唐納（Helen Macdonald）憑弔父逝的《鷹與心的追尋》。回憶錄以記憶洗滌悲傷，讓痛苦在寫作中昇華，此「療癒寫作」能撫平傷痛，也能深深打動讀者。

寫下時代的故事

二〇一五年美國巴爾的摩發生種族事件，位於當地的約翰霍普金斯大學，特地選擇塔納哈希·科茨的回憶錄《The Beautiful Struggle》為新生入學的指定讀物。科茨是黑人作家，對所受的社會偏見有細膩的著墨。同年七月他推出最新回憶錄《在世界與我之間》，以書信集的形式寫給兒子，傳達黑人的過去與未來，文筆柔情，令諾貝爾文學獎得主童妮·摩里森非常感動。

曾獲普立茲獎的美國詩人崔西．史密斯（Tracy K. Smith, 1972-），二〇一五年五月發表回憶錄《Ordinary Light》，詳述美國西岸黑人家庭的親子關係。與科茨一樣，她的回憶充滿反思，在黑白對立的社會裡，尋求弭平創傷的曙光。以色列作家艾加．凱磊（Etgar Keret, 1967-）同年六月出版《The Seven Good Years》，寫出戰火小城的光明故事。這些新銳作家都將自我記憶化為時代的故事，顯露新世代的嶄新情操。

從經典作品也可看出回憶錄與時代的關聯。例如，海明威的巴黎回憶錄《流動的饗宴》，描寫一九二〇年代的荒唐生活。雖然他不願被貼上「失落的一代」的標籤，但從他的回憶錄恰可看出，時代的宿命實無人能逃。

回憶錄並非只是暢銷榜上曇花一現的讀物。文學小說經常利用「回憶錄」的揭密手法，以強化故事的「真實面」。《魯賓遜漂流記》、《科學怪人》、《咆哮山莊》等經典作品，都是著名的例子。美國文壇新星柯恩（Joshua Cohen, 1951-），二〇一五年六月發表長篇實驗小說《Book of Numbers》，記敘一位與作者同名的作家，替一位科技大亨撰寫回憶錄的奇遇記，可見「回憶錄」已成為文化現象，引起新興作家的重視。

「失落的一代」代表作《大亨小傳》裡，敘事者尼克回憶大亨好友的悲劇，吐露自身成長的蛻變，所道出的故事彷彿就像一本回憶錄。尼克追憶悲傷，療癒悔恨，最後終於發現，生命的洪流往前而去，洄游的伏流同樣強勁。回顧往事是凡人的宿命，唯有順水而游，才能擺脫暗潮。無論在真實的世界，抑或虛構的世界，回憶都是一本書，值得珍藏，更值得分享。

28 就是要有伴：不退流行的協同寫作

協同寫作能發揮1加1大於2的增效作用，但文學創作是否也能受惠呢？

二〇一五年六月十五日，紐約湯普金斯公園（Tompkins Square Park）舉辦推廣寫作的「打字機計畫」（The Typewriter Project）。活動主體為特製的木造小亭，開放大眾入內，以改裝的打字機自由寫作，內容能即時上傳至網路分享。

這是曼哈頓的文化機構第三度舉辦此計畫，希望藉由協同寫作集眾人之力，共同完成一部作品，以窺探生活周遭的「都市潛意識」。

在網路發達的今天，寫作已不再是單打獨鬥的掙扎，而是彼此互聯的行為。雖然，網路造成「集體孤獨」的現象；不過，維基百科等線上協同寫作的案例顯示，共同寫作能有即時反饋，寫作不再孤獨，能為作者帶來集體成就與歸屬感。

協同寫作能打破單一作者的侷限，發揮腦力激盪的加乘作用。文學創作是否也能受惠呢？

揪伴的先決條件

二〇〇七年，企鵝出版社與英國一所大學合作，進行名為「百萬企鵝」（A Million Penguins）的線上小說創作實驗。沒想到，每小時有上百名網友加入，造成「各自表述」的亂象。後來，在網友的惡搞下，「眾企鵝」間無從協同，計畫僅實行五週就草草收場。

協同寫作的最大隱憂，正是缺乏共識。文學創作講求主題連貫與美學形式，而集體寫作雖可應用於百科全書的事實寫作，卻很難憑空造出具內涵的文學作品。

一九六九年，《Newsday》專欄記者 Mike McGrady 有感於美國低落的文學品味，想證明「爛書」也會受人歡迎。他想到的策略，就是隨意揪團的集體寫作。他召集二十幾位同事，以筆名發表煽情小說《Naked Came the Stranger》。故事章節分別由不同的人負責，文筆極不協調。此書推出後，短期內居然熱賣兩萬多本。McGrady 的實驗，除印證他對當時大眾文學品質堪憂的看法，也顯示群龍無首的集體寫作，充其量只能生成「拼裝小說」。

團結雖然力量大，可是，就協同寫作而言，並非人數越多就會越有利。評論家喬書亞．沃夫．申克（Joshua Wolf Shenk）於《2的力量》指出，「創意的基本單位為雙人組。」他發現，史上著名的創意搭檔，皆為個性與才智互相加乘的組合。賈伯斯與電腦鬼才沃茲尼克（Stephen Gary Wozniak, 1950-）的合作、老虎伍茲與桿弟威廉斯（Steve Williams, 1963-）的搭檔、藍儂與保羅．麥卡尼（Paul McCartney, 1942-）的共同創作、奇幻作家托爾金（J. R. R. Tolkien, 1892-1973）與C．S．魯易斯的互助等，都是著名案例。

穩固的情誼是搭檔的基礎，但此先決條件與自由開放的網路精神是相牴觸的，所以，網路的隨興揪團，很難產生成功的創意組合。

令人羨慕的協同合體

協同寫作其實源遠流長，有些劃時代的作品，都是協同創作的成果。十八世紀英國詩人華茲華斯與同輩詩人柯立芝（Samuel Taylor Coleridge, 1772-1834）相從甚密，共同發表《抒情歌謠集》（*Lyrical Ballads*），宣告浪漫文學的到來。十九世紀初，詩人雪萊與妻子瑪莉的親密關係，衍生出許多共同創作的作品。瑪莉的名作《科學怪人》，源自她與雪萊、拜倫的鬼故事比賽，雪萊並深切介入本書的修改，是幕後的共同作者。

二十世紀現代詩的濫觴《荒原》，也是協同寫作的產物。詩人艾略特將手稿拿給詩友龐德（Ezra Pound, 1885-1972）修改。龐德不僅大刀一揮，將詩句砍掉一半，甚至還重寫部分內容，連詩集最著名的標題與開頭，也都是龐德修飾的結果。

當代文學最善用協同寫作的區塊，當屬類型小說。史蒂芬・金與恐怖作家彼得・史超伯（Peter Straub, 1943-）合著《魔符》系列小說。史超伯在金家寫下《魔符》最後一句時，金當場修改，手法之絕妙，讓史超伯佩服不已。史超伯回家途中，心情激動，「好像離開奇蹟發生的地方。」

驚悚作家道格拉斯・普萊斯頓（Douglas Preston, 1956-）與林肯・柴爾德（Lincoln Child, 1957-），也是協同寫作的完美搭檔，自《聖者之物》以來，共同創作二十二本小說。奇幻作家尼爾・蓋曼與科幻大師泰瑞・普萊契（Terry Pratchett, 1948-2015）合著知名小說《好預兆》，協同寫作讓他們成為一輩子的好友。

協同寫作是創作電影劇本的常見手法。德國新銳導演克利斯蒂安・施沃喬夫（Christian Schwochow, 1978）與母親共同創作《十一月的孩子》等四部廣受好評的作品，獲得影壇重視。

作者與編輯的搭檔：具張力的協同

類型小說與劇本的創作很適合協同寫作，因為故事性勝於語言的經營。文學小說則複雜許多，除了要有不凡的故事，還需要具創意的語言風格。因此，文學創作較難孕育出心心相印的協同搭檔。

作家與編輯的合作關係，很類似協同寫作的模式，不過，此關係略帶緊張，有別於至親好友間的搭檔。

美國知名短篇小說家瑞蒙・卡佛（Raymond Carver, 1938-1988）與編輯高登・里許（Gordon Lish, 1934-）的合作就是好例子。里許是二十世紀後半葉美國最具影響力的編輯，負責卡佛的短篇小說集《當我們討論愛情》，原書出版後，一舉奠定卡佛的聲望。

卡佛以極簡文筆見稱，連村上春樹都為之佩服，可是，這是里許大幅改寫的結果。編輯「外科手術式的切割與移植」，令卡佛十分受傷，影響兩人關係。後來，卡佛逐漸與里許疏遠，其作品也逐漸失去原先受人推崇的風格。

作者與編輯間的不對等關係，常會阻礙協同寫作的和諧運作。因此，當代有許多作家選擇自助出版，就是想完全自主，不願與人合作。可是，自古以來，文學作品從寫作至出版的過程，都難逃與人協同。「沒有人是座孤島」：十七世紀英國詩人鄧約翰（John Donne, 1572-1631）的詩句，如箴言般一語道破文學寫作與產製的共同命運。

29 曠世鉅作的詛咒

作家只寫一本書便奠定文壇不朽的地位：這是美夢成真，還是詛咒的開始？

二〇一五年七月，美國傳奇作家哈波．李打破多年的沉默，突然宣布發表新書。她以處女作《梅岡城故事》榮獲普立茲獎，一夕成名後，便不再出版。新書《守望者》是作家半世紀以來的第二本小說。

《梅岡城故事》每年為作者帶來三百萬美元的版稅（約九千多萬台幣）。八十九歲的作家失聰又失明，被人利用的傳聞不脛而走。阿拉巴馬州社福單位接獲檢舉，進行調查後宣布查無不法。迅速結案的作法，引發更多的臆測。

《梅岡城故事》描寫美國社會種族衝突與社會正義的糾葛，是當代美國文學的代表作，不僅是美國中學的必讀作品，也是暢銷的文學小說，每年在美國維持幾十萬冊的銷售量，全球銷售量累計達四千萬冊。

美國國內最近種族衝突事件不斷，社會充滿族群仇恨，猶如重回《梅岡城故事》的世界。此時出版續集，恰可注入一股清流。不過，《守望者》牽扯出有關版權利益的負面傳聞，隱居的作家又意外登上頭條版面。

曇花一現，抑或臻至完美？

哈波．李的「新書」是新任律師整理文檔時偶然發現的。值得注意的是，這其實是作者早年的手稿，並非新作。

一九四九年她不顧家人反對，自法學院輟學，獨自前往紐約圓夢。歷經幾年的潦倒生活，一九五六年獲得友人資助，隔年完成小說初稿。因作品結構鬆散，在經紀人指導下修改半年後，才正式提交出版社。沒想到出版社竟退回要求重寫。幸好編輯很用心，費時兩年協助作家徹底改寫，最後才順利出書。

因此，《守望者》其實是當年遺棄的初稿。如哈波．李的傳記作者 Charles Shields 指出，這本「續集」最大的意義，在於能讓世人認識作家真正的才華，有助去除「只寫一本書」的標籤。

《梅岡城故事》寫出大時代的故事，得獎又暢銷，還改編成電影。哈波．李成名後，曾計畫出版第二本小說與一部報導文學的作品，後來卻都無疾而終。嚴格說來，她自始至終只出版一本小說。只寫一本書便奠定文壇的不朽地位：真的是美夢成真嗎？

英美文學史上，有許多作家或因聲名壓力，或因靈感全無，甚至遭逢不測之禍，寫下鉅作後，遺憾地終結了寫作生涯。例如，艾蜜莉．勃朗特出版《咆哮山莊》隔年即因病逝世。瑪格麗特．米契爾（Margaret Mitchell, 1900-1949）以《飄》榮獲一九三七年普立茲獎，一九四九年死於車禍，續作出現的機會也隨風而逝。沙林傑發表《麥田捕手》後，便逐漸斷絕與外界的聯絡，也不再出版長篇小說。約瑟夫·海勒（Joseph Heller, 1923-1999）寫下著名的《第二十二條軍規》，書名「Catch-22」成為英語詞彙。可是，海勒續出的幾本小說，卻都默默無名。當代文壇也不乏一夕成名招來「厄運」的案例。大家都聽過《藝伎回憶錄》，可是，很少人知道作者是誰。亞瑟·高登（Arthur Golden 1956-）一九九七年出版這本知名的歷史小說後，再也沒有發表作品。以處女作贏得曼布克獎的四位得主，得獎後竟都喪失後勁，消失於文壇。

自我超越果真是嚴苛的挑戰。難怪伊恩·麥克尤恩會於訪談時表示，每次宣傳新書，他都覺得「自己像是可憐的雇員，受雇於以前的我」。

「一本書」的寫作哲理

熟識哈波·李的人都知道，在她面前切忌提及「第二本書」，以免招來拂袖而去的尷尬場面。她曾說：「給我再多的錢，我也不要再經歷《梅岡城故事》帶來的壓力與聲望」。可見一夕成名，並非全然都是好事。

知名作者不再出書，就如巔峰時退休的運動員，以謝幕保住永恆的光榮。如哈波．李所言，「達到巔峰以後，只有一條出路」。因此，作者家鄉友人私底下都對老太太再度出書的決定，感到無限惋惜。

作家為避開盛名之擾，大可改用筆名發表，不見得非要封筆歸隱。以筆名發表犯罪小說的J．K．羅琳，就是著名例子。另外，美國也有許多隱姓埋名的奇才，以閉關寫作實踐普魯斯特的典範：神隱的湯瑪斯．品瓊（Thomas Pynchon, 1937-）、遠離世人的戈馬克．麥卡錫等例都顯示，作家就算不以筆名發表，仍可保有私密的創作空間。

知名作家的沉寂，背後是否有更深層的因素呢？

以美國文壇最「閉俗」的沙林傑與哈波．李為例，《麥田捕手》與《梅岡城故事》分別出現於美國社會最動盪的一九五〇與一九六〇年代：國內有民權運動，國外有韓戰與越戰。在社會充滿裂痕的時代，這兩部鉅作皆以赤子之心，探求公理正義與人性的良善。

兩位作者就跟兩部小說的主角一樣，厭惡大人世界的虛假。說了該說的話掉頭就走，不再發言，因為，任何解釋都是多餘，都會陷入意識形態的爭戰。不能有第二本書，因為，只能用沉默無語保護第一本書的純真想像。此寫作哲理，正如《梅岡城故事》神祕未現的仿聲鳥、《麥田捕手》裡遙不可及的麥田一樣脆弱，令人不安。

30 行事低調的紐西蘭文學

你讀過紐西蘭小說嗎？紐西蘭作家是當代文學值得關注的新聲音。

想到紐西蘭，心中自然浮現與世無爭的絕美景致。毛利人稱紐西蘭為「白雲之鄉」（Aotearoa），為美景增添不少神祕的風采。外人看紐西蘭，景物勝於人文，很少人會想到這片土地的作家。

這個現象令人納悶，因為，具有類似歷史背景的國家，都會讓人想到代表作家：澳洲，兩度榮獲曼布克獎的彼得・凱瑞（Peter Philip Carey, 1943-）；南非，葛蒂瑪

（Nadine Gordimer, 1923-2014）與柯慈這兩位諾貝爾獎得主；加拿大，瑪格麗特．愛特伍（Margaret Atwood, 1939-），還有贏得諾貝爾獎的艾莉絲．孟若（Alice Munro, 1931-）。

紐西蘭除了近年獲得曼布克獎的伊蓮諾．卡頓（Eleanor Catton, 1985-）以外，應該還有其他作家值得關注。可是，英語系國家裡，就屬紐西蘭作家最令人感到陌生。

紐國作家行事低調

二〇一五年一月二十四日，卡頓於齋浦爾文學節（Jaipur Literature Festival）接受訪問，特別談到紐西蘭文學的問題。她表示，紐西蘭的殖民背景造成「本國不如外國」的心態，國人對本土作家缺乏信心。

卡頓曾搜集世界各國作家的寫作宣言，唯獨遍尋不著出自本國作家的資料。她認為，這與紐西蘭社會的「樹大招風症候群」（Tall Poppy Syndrome）有關。人民養成避免出頭的習慣，不勇於表達理念，給人不敢言的印象。

卡頓以自己為例指出，紐國政府推行文化工作不力，國人既不喜歡作家出風頭，又把她看成文化大使，此矛盾態度令她尷尬。這番話傳回國內，招來輿論強烈反彈，知名主持人還以不堪字眼辱罵，顯示敢言的作家在紐國面臨的社會壓力。

相較於卡頓的高調發言，其他作家就低調許多。紐國首位布克獎得主柯莉・休姆（Keri Hulme, 1947-）是個好例子。她過著窮困的寫作生活，猶如不問世事的甘苦人。花費十七年打造源自夢境的《骨頭人》（*The Bone People*），得獎後，繼續隱居在偏遠的南島小鎮。

休姆很少公開發言，二〇一四年甚至宣布不再接受訪問。知名作家行事竟如此低調，這應是外國讀者很難窺探紐國文學的緣故。

文化衝突打造的紐西蘭小說

毛利文化與歐洲文化的衝突，提供紐國作家反思身分的絕佳機會。紐國小說故事性極強，兼顧作品的文學性，相較於歐美作品毫不遜色。

最知名的經典作品首推 John Mulgan 的《Man Alone》，英國人投身紐西蘭原野的故事。本書深受海明威與康拉德的影響，「原野孤客」成為紐西蘭文學的代表精神。

文化衝突是當代紐西蘭小說的重要題材。推展英語毛利文學的先驅派翠西亞·葛蕾絲（Patricia Grace, 1937），以《Potiki》刻劃部落文化與外來文化的衝突，混雜毛利語的精練文句忠實呈現異文化的思維。羅伊德·瓊斯（Lloyd Jones, 1955-）的《在荒島上遇見狄更斯》，背景設於巴布亞紐幾內亞的小島，以奇幻風格描寫戰火與文化的交融。

紐西蘭作家很關切家暴、酗酒、都市犯罪等社會問題。Alan Duff 的《Once Were Warriors》描寫毛利人都市生活的困境。Duff 長期關注毛利問題，是紐國較敢言的作家。資深作家 Maurice Gee 的《Blindsight》處理都市遊民的問題。有關亂倫的隱藏情節，讓人想起伊恩·麥克尤恩的《水泥花園》。

出版《A Girl is A Half-Formed Thing》而爆紅的英國 Galley Beggar 出版社，二〇一四

年發行紐西蘭作家 Paul Ewen 的諷刺小說《Francis Plug》，再度引發話題。本書描寫一位立志寫作的老憨，與歷屆布克獎得主會面的爆笑故事。作者搜集到魯西迪以來歷屆得主的親筆簽名，除了辭世的葛蒂瑪，唯一沒給簽名的，就是同為紐西蘭人的柯莉・休姆。

Ewan 表示，休姆代表作家夢寐以求的典範：得獎後，在眾人目光中消失。消失於白雲綠水畔。可是，創作的原野要如何面對商業化的開發？此「環保」疑問，有待讀者走入紐國的白雲之鄉，傾聽風景的故事後才能答覆。

31 美麗的放逐人生：庫德族猶太文學

以傷痕文學的角度寫出療傷文學。

以猶太人為主題的當代作品難逃傷痕文學的宿命，也無法擺脫民族永遠的離散。以色列名作家大衛・格羅斯曼（David Grossman,1954-）描述喪子之痛的《直到大地盡頭》、當代俄羅斯文學代表烏利茨卡婭（Lyudmila Ulitskaya, 1943-）記敘猶太女性背叛人生的《索涅奇卡》等都是好例子。美國猶太作家羅斯（Philip Roth, 1933-）的《波特諾伊的怨訴》，則藉猶太男子的羞恥告白道盡深層的民族創傷。

美國作家雅瑞玨·薩巴爾（Ariel Sabar）所著的《父親的失樂園》題材特殊，是當代文學首次以庫德族猶太人為主題的作品，為猶太裔美國作家為追溯家族歷史所寫的長篇鉅作。獨特架構融合報導文學與傳記，筆調溫暖熱切，迥異於傷痕文學。既是鋪陳父子之情的回憶錄，也是記錄家族流離的真實小說。

作者父親來自伊拉克庫德斯坦，是「失落部族的直屬後裔」，族群兩千多年來在荒野中遺世獨立，「失落在亞述的大地上」。庫德斯坦猶太人雖被歷史淡忘，卻守護著西亞文明的偉大遺產：一脈相傳的語言。這群少數民族仍說著古以色列的亞拉姆語（Aramaic），可上溯亞述、巴比倫、波斯三大帝國的古老國語。

本書為橫跨家族三代的離散故事。作者故鄉族人被迫移民至以色列，雖擺脫「故鄉的妖魔」，但「天使也沒跟來」。庫德斯坦猶太人淪為錫安主義與反猶太主義的雙重犧牲品。父親來自染布師傅家庭，從小苦學向上，大學畢業後獲獎學金到美國求學，因緣際會到耶魯大學投入母語研究，後來定居加州，成為著名大學的語言學家。

這段故事有從「工人」到「博士」的戲劇發展，也有從「遺民」淪為「移民」的無奈轉變。「我父親是何方神聖？他為什麼遠走他鄉？」作者為移民第二代，更迫切的發問在於「我們的過去具有什麼價值？」父親拋棄家鄉，失去一切，只剩語言：但語言能否「挽救最珍愛的一切？」

《父親的失樂園》傳達清楚的意旨：過去雖是「無謂的重擔」，卻也能帶來「改造與救贖的契機。」父親研讀母語，「把思鄉之情昇華為一份事業。」但隨語言的式微，過去回憶也將永遠消失。父親的啟示讓作者致力「將故事用另一種語言流傳下去，讓故事至少能以另一種形式繼續存在。」在血濃於水的世代傳承裡，失樂園的幻滅燃起下一代重回香格里拉的心願。

作者從事新聞業，為寫作而辭去工作。本書以耶穌的語言——亞拉姆語——為主軸，串聯許多歷史故事，在家族游離歷史裡，尋求落地生根的可能。本書為作者首部作品，榮獲美國國家書評會傳記類首獎的肯定，可謂實至名歸。中文版譯文精確，譯注詳盡，文句輕快淺顯，讀起來非常有趣。

全書最精采的就是最後的返鄉之旅。一波三折的尋親過程（作者姑姑出生後被偷抱走），促使父親與故鄉的了斷。作者尋親的執著雖加深父子隔閡，卻也見父子的不可分割：「我們都深受達成目標的假象所吸引，相信自己只要能成就那唯一的一件事，就一定能重新抓住——甚至修復——我們的過去。」

民族悲情就像漫漫長路，憂愁已達漂泊的極限。作者父親睽別故鄉幾十年，在兒時小溪旁追憶一場空，有所覺悟：「當你看到過去的東西並沒有留下，那可說是一種人生的寫照。」生命就像潺潺溪流，不會靜止不動；「隨著水流，你的人生也在流動，這就是生命的本質。」

作者父親熱愛古典音樂，心中想的可能是舒伯特感嘆逝水的〈水上之歌〉（D774）：就像昨日，就像今日，明日也將乘流水的翅膀，高飛逝去。作者以傷痕文學的角度寫出一部療傷文學，「在那個遙遠的象限中，生命的顏色依然可以透過孩童的純真目光窺探出來」，如水之歌，在異域的海市蜃樓裡不斷浮現。

第四式

當代閱讀的晨曦

32 「廢墟中藏了誰的故事？」：《從帝國廢墟中崛起》

《從帝國廢墟中崛起》（*From the Ruins of Empires: The Intellectuals Who Remade Asia*）

潘卡吉．米什拉（Pankaj Mishra）著，黃中憲譯，聯經

二〇一一年《倫敦書評》有場火熱的筆戰。當紅的史學家被一篇抨擊他的書評惹惱，威脅要以毀謗罪提告。氣炸的是哈佛大學教授弗格森（Niall Ferguson, 1964-）；爭議的新作為《文明》；慷慨陳詞的正是《從帝國廢墟中崛起》作者米什拉。

米什拉為印度裔英國作家，擅長以超越地域的觀點評析政治與文學，英美各報

常見他的犀利文章，二〇一二年被《外交政策》（*Foreign Policy*）列入全球百大思想家。當年同享殊榮的，除翁山蘇姬、比爾蓋茲等政經領袖，還有魯西迪、哈伯馬斯等知名作家與哲學家。弗格森被重量級人物「點名」，難怪從不理會書評的他會投書回應。

弗格森的盛名象徵死灰復燃的帝國情結：「文明善果」有賴西方帝國才得遠傳四海。《文明》看似探討西方的衰敗，暗地裡實為歷史白手套，無視殖民傷痕，把歷史化約成「火把或刀劍」的無奈選擇。這種說法有越來越受歡迎的趨勢；因此，米什拉毫不客氣指出，「要提防此人！」

這場筆戰到最後不了了之。《從帝國廢墟中崛起》於隔年出版，以宏觀角度道出近代亞洲圖強的大歷史，引發廣泛討論。這位槓上弗格森的作家，儼然成為新史觀的代言人。

《從帝國廢墟中崛起》與《文明》的最大差異，在於米什拉視亞洲崛起為現代史的動能：「二十世紀最重要的發展，乃是亞洲的知識和政治覺醒，以及亞洲從亞洲帝國與歐洲帝國兩者的廢墟中站起來。」從中國、印度、穆斯林三大反動導入悲壯的亞洲現代化過程，「將看來各不相干的事件和地區織成富有意義之單一網路的線。」

本書刻意以熟悉的歷史事件串聯起陌生的歷史人物，追溯變局源頭與相扣的餘波，呈現「亞洲諸民族集體經驗和主觀想法」。作者的輕快文筆融合歷史概論與名人傳記，由改革派觀點還原亞洲臣服的全貌。本書是迥異於主流史學的新亞洲史，也是極具人道關懷的報導文學。

作者藉伊斯蘭革命教父阿富汗尼（Jamal Din Afghani, 1838-1897）的浮沉，勾勒伊斯蘭主義的興衰。如何凝聚抗衡西方的積極民族主義，成為亞洲改革份子的共同挑戰。本書深入討論梁啟超與亞洲現代化的宿命，在康有為、阿富汗尼、甘地、泰戈爾等救國理念裡梳理出集體難題：「產生一套足以確保國家存活於現代的新價值觀，同時又要尊重行之已久的傳統。」

泰戈爾有詩云，「太陽已落入出血的雲中。」後殖民運動引發亞洲動盪，加深與西方的裂痕，血雲的陰影仍在。亞洲各國抵禦西方的多元意識形態，「都努力欲對同個疑問提出令人滿意的答案」。可是，如作者語重心長指出，「形式上的去殖民化，始終不可能確保亞洲國家得到真正的主權和尊嚴。」

米什拉並非學歷史出身，能透過廣泛閱讀探究他國的歷史思潮，反思東西方對峙的棘手議題，實屬難能可貴。《從帝國廢墟中崛起》徹底展現薩依德於《東方主義》所說的知識份子應有的「獨立批判意識，反動的批判意識」。

讀者起初會不適應米什拉把穆斯林的阿富汗尼與中國的梁啟超相提並論，也可能會質疑儒家、印度教與伊斯蘭面臨的是否為集體困境。不過，細讀後就會逐漸被作者冷靜的話語所說服。亞洲知識份子，無論傳統派或自由派，皆與西方哲學家一樣思索著同樣問題——「何謂美好生活？」

精采的結語顯示作者對「美麗新世界」的不安。讀者不禁想起書中所提印度詩人伊克巴勒（Muhammad Iqbal, 1877-1938）哀悼西西里為穆斯林文化之墓的詩文：

你們的廢墟中藏了誰的故事？
你們無聲的腳步在表達某種情思。
告訴我你們的哀傷——我也滿懷苦痛：
我是欲走向你們的那個旅行隊的塵土。

閱讀歷史，走過時空廢墟，要能不激起傷心的塵土，談何容易？《從帝國廢墟中崛起》告訴我們：面對歷史除哀悼與歌頌，當有其他選擇。重回帝國廢墟的讀者，將會發覺另一條旅隊之路。

33

悲愴的獨行美學：《一個人的朝聖》

《一個人的朝聖》（*The Unlikely Pilgrimage of Harold Fry*）
蕾秋．喬伊斯（Rachel Joyce）著，張琰譯，馬可孛羅

自從英國當代作家麥克尤恩出版《贖罪》以來，「贖罪」儼然成為當代小說的關鍵字：班維爾（John Banville, 1945-8）榮獲曼布克獎的《大海》、格羅斯曼獲得國際矚目的《直到大地盡頭》，還有二〇〇九年英國地鐵人手一冊的催淚《One Day》。

現代人果如社會學家包曼（Zygmunt Bauman, 1925-2017）所言，無奈往來於「液態」的紐帶，「一次又一次的聚合，一次又一次的分離」。聚散分離的往事怎能如「雲煙般」一筆抹消？現在式的人生無法擺脫往事的過去式，只能以悔恨修飾不可塗改的完成式。

《一個人的朝聖》再次印證當代的贖罪焦慮。主角哈洛是酒廠的退休員工，有天突然接到老同事昆妮的訣別信。深受往事苦惱的哈洛決心以奇特的方式回應：他要獨自從英國南端走到北方，步行數百公里前往昆妮的安寧病房，以為贖罪。他認為只要自己繼續走下去，「她也必須繼續活下去」。

哈洛的獨行「將花了二十年想要躲開的過去釋放出來」，成為雙重的救贖之旅：他想挽救被辜負的舊識，也想挽回自己因軟弱而鑄錯的過去。二十年前究竟發生了什麼事？哈洛見到昆妮後，會有什麼發現？哈洛一步步邁向旅程的終點，讀者也一頁頁揭開往事的真貌。故事結局有淒涼的轉折、悲情的告白。

本書獨行主題所勾勒的線性架構，隨著旅程推衍出交錯的四方指涉。北方是遙不可及的終站，南邊是妻子獨守的家園；東方地平線揮之不去的陰影，是哈洛兒子讀書的劍橋；西方暗影山丘則藏有哈洛童年的痛苦回憶。

哈洛一路北行，雖承蒙許多交心的陌生客指引，卻仍迷失在心底的十字路，無法走出拋棄與被拋棄的柵欄：「不管他往哪條路看去，那路都是永遠不會終止的，也永遠不會實現它的承諾」。

作者開宗明義引用《天路歷程》以彰顯朝聖之旅的勇氣；不過，本書與宗教的牽連僅止於此。本書的特色在於善用細膩的美學視角以處理不容窺探的生死議題。哈洛「希望沒有人提到宗教」，畢竟「他也試過一次，但卻發現無法找到解脫」。旅程每一站都令他面對不可改變的過去，「重新感受那時的恐怖」。

半夢半醒間，「他聽到自己祈禱，但那些詞語毫無意義」。宗教已冷，哈洛的獨行美學回歸浪漫主義，投身溫暖自然，承濟慈之風沉澱心靈，在靜默裡尋求無奈但充滿希望的可能。

哈洛遠離人群，卻更貼近人生，終以普世觀點看待「人的奇特」：「這個世界是由兩隻腳輪流往前邁步的眾人所構成」。在刻意維持「正常」的假面下，人生都有「獨有的痛苦」：「沒有人知道內心牽掛的事情有多沉重。有時需要超越人類極限的努力才能保持正常」。近三個月的旅程讓他得以目睹「那麼多的人全都在尋找幸福」，寬容之情油然而生，「人類的渺小與孤寂使他心中充滿驚異和溫柔」。

本書是作者的首部小說，甫出版即入選角逐二〇一二年的曼布克獎，廣受矚目。本書寫作之時正當作者父親重病在床，對親情的描寫格外真誠，媲美麥卡錫的《長路》；典雅的簡約文風淡化人生得失，頗似《老人與海》，蘊藏無限哲理。

主角的獨行美學徹底實踐了慢活精神：何時抵達終點、如何抵達，「這個問題已退到背景中」。一個人的旅程讓哈洛「成為一個過客」，終於讓他有勇氣接納生命裡不可承受的遺憾。

這是一個關於失去的故事，簡短沉重，也是關於接受生命的寓言。主角走過無數陌生人，轉頭離別前彼此分擔往事的重量；穿越漫漫塵煙，在天地間與眾人一同咀嚼身為凡人的殘酷。不管怎樣，「月亮和風都會繼續存在，月升月落、風起風歐。大地依然會往前延伸，直到海邊」。哈洛與妻子最後的領悟是如此悲愴，淚水中，生命格外動人。

34

生命的終極毒碼：湯姆．麥卡錫的《C》

《C》

湯姆．麥卡錫（Tom McCarthy）著，丹鼎譯，天培

本書背景為十九／二十世紀交替的動盪年代，循西方科技的脈絡、主角自我發覺的腳步，構築一部充滿語言密碼的「塊肉餘生記」。

跟狄更斯名著一樣，主角出生時披覆「胎膜」（caul），本為好兆頭，成長過程卻無法擺脫死亡陰影。一次大戰時，他駕戰機在烽火中「迫降」（chute），雖歷

劫歸來，卻「墜落」（crash）至厄運深淵，難逃生命最後的「召喚」（call）。

本書以這四個押頭韻的單字為題，分四部記敘主角人生四大階段，牽扯出複雜指涉。主角戰後奉命前往埃及設立無線電驛站，古墓奇遇讓他意識到生命「源頭的訊號」。不過，源頭之音飽受雜訊干擾，無法解讀。後來他在頓悟的瞬間，「變成黑墨之海，變成星球間的距離，變成訊號往來的空間」，終於聽見「C」……

作者麥卡錫結合卡夫卡的「變形」、康拉德的黑暗、麥克尤恩病態嗔人的描寫，「將詩、科技與死亡連在一起」，極具野心。到底「C」是無所不在的生命符碼，還是「複寫」（cc）死亡的「黑色空白」？讀者深陷作者加密與解密的泥淖，每次閱讀就像電腦重新開機的自我檢測，試圖破解牽扯一切的終極毒碼。

中文版成功轉換了原文複雜的語言，許多棘手的地方都處理得非常高明，譯注詳盡，是難得的好譯本。讀者書架上若有《變形記》、《贖罪》，一定要留個空位給《C》。

35 憂傷的地平線：《直到大地盡頭》

《直到大地盡頭》（*To the End of the Land*）

大衛．格羅斯曼（David Grossman）著，唐江譯，南方家園

說到以色列著名作家格羅斯曼，就不得不談他悲劇性的創作背景。眾所皆知，以色列「全民皆兵」，力圖民族的延續；鮮有人能體會猶太人建國的全民宿命：每位父母都活在子女「陣亡通知」的陰影裡。政府人員的夜半敲門聲，如《命運》交響曲的索命音符。

二〇〇六年「以黎戰爭」某日深夜，格羅斯曼家門響起了急促的敲門聲。他想，「輪到我們了。完了，一切都完了。」黑夜訪客攪亂作家的人生，還打斷他埋首三年的創作——他當時在寫的作品，正是本書。

格羅斯曼開始構思新作時，長子即將退役，次子隔年也將入伍。無神論者的他衷心盼望「正在寫作的這本書會保護他們」。次子陣亡，一切希望瞬間毀滅殆盡，所受的打擊豈是旁人所能想像？守喪後，他強忍悲痛重拾寫作，雖未大幅改寫文稿，家庭巨變深刻影響修改時「對現實的反映」。二〇〇八年本書以《逃避消息的女人》問世，兩年後英文本出版，更名為《直到大地盡頭》。

小說原名與譯本新標題皆貼切傳達本書的主題，簡單但沉重：一個逃避「陣亡通知」的母親離家遠行的故事。主角奧拉的兒子退伍時臨時延役。兒子重返軍營那天，她心感不祥，再也受不了煎熬，決心要「正面迎擊」恐懼，成為「第一個拒絕接收陣亡通知的人」。這位母親勇敢宣示：「這扇門從現在起將會一直關閉」。沒人在家的話，通知也就無法送達，「命運之輪將會暫停片刻」。

本書最令人感動的，莫過於奧拉的絕望與希望。離婚的她找舊情人作伴，一起踏上貫穿以色列的步道。旅途中，這位「逃避消息」的母親如《一千零一夜》不斷說故事的公主，吐露許多心底的負荷：兒子的身世、舊情人的過去、糾結的回憶。她甚至撲倒在地，向大地傾訴兒子的事：「也許是要讓大地做好迎接他的準備，好讓大地知道該怎樣照顧他」。舊情人曾為戰俘，雖歷劫歸來，卻早已失去活著的勇氣。他們的深談將為彼此揭露多年的祕密，互相找回生存的理由。

奧拉自我放逐於荒涼大地，逐漸意識到命運無情的安排。她與兒子的生離死別其實是土地與人民的縮影：「我和以色列之間的關係總是如此，每次邂逅也是一場小小的告別」。她以為關起家門、轉身出走就能卸下傷悲，永遠走下去就能永別痛苦。無奈，走到最後才驚覺大地是有盡頭的：苦難已成為土地的臍帶，將她與每位漂泊的以色列人牢牢繫住，不能不回頭。

她終於醒悟：「只有在這兒，在這片風景、在這些岩石、仙客來中間，在希伯來語中、在這片陽光裡，她才能找到生存的意義。」傷痛在心頭如猛水，一旦宣洩，將可滋潤另一種生命形式。奧拉要把兒子的事說出來，道盡「每件事、每個字」，讓「語言從大地萌生」，重新孕育生命——哪怕僅是生命的回憶。

格羅斯曼大可寫出當代的約伯故事，質疑苦難的意義。他最值得敬佩之處，在於有勇氣捨棄宗教，展現人性深層的韌性。同樣的勇氣可見於美國作家瓊．蒂蒂安的傷逝之作：《奇想之年》、《藍夜》。短短兩年，蒂蒂安遭遇喪夫與喪女之慟，與格羅斯曼筆下的奧拉一樣，雖被憂傷的重量壓垮在地，卻不願低頭淪為苦難的受害者。面對命運，他們沒有恨；雖無語問天，低頭只為寫作，為那動人的生命之書。

文學果真能撫平傷痛、消弭仇恨？格羅斯曼獲頒二〇一〇年德國書業和平獎，接受訪談時，作家遠眺的眼神掩飾不了傷痛的烙痕。大地盡頭沒有答案，盡是憂傷的地平線。

正因憂傷，才有故事，才有活下去的勇氣。

36 迷霧裡狂人的獨白：《證詞》

《證詞》（*The Book of Evidence*）

約翰．班維爾（John Banville）著，陸劍譯，書林

愛爾蘭作家班維爾與英國小說家麥克尤恩並列當代英語小說的兩大巨擘。他們皆以新小說崛起文壇，質量並重的作品重塑了小說嶄新的相貌，可謂戰後新世代的「同班同學」。

這兩位作家皆喜歡探索人性深層的基本議題，以細膩的語言處理驚悚的題材，

滿足大眾文學的閱讀渴求與小眾文學對主義的堅持。他們各有死忠的書迷，並深受學者讚賞，都曾獲布克獎的肯定。最有意思的是，他們的傑作也都曾因「奪獎失利」而流傳於世。《證詞》就是個好例子。

麥克尤恩的鉅作《贖罪》獲獎無數，唯獨二〇〇一年角逐布克獎時失利。這個遺憾，班維爾最能體會。《證詞》是他最受歡迎的作品，以杜思妥也夫斯基之姿廣獲好評，一九八九年布克獎決選時，竟敗給石黑一雄的《長日將盡》。

二〇〇五年班維爾捲土重來，以《大海》擠下石黑的《別讓我走》，總算報了一箭之仇。不過，班維爾始終擺脫不了「安慰獎」的陰影，似乎《大海》的得獎是為彌補當年《證詞》失利的憾事。

班維爾的作品向來以精巧絕妙的文筆著稱。他用詩的語言寫小說，以文字的質感經營情節，遣詞如水晶般無瑕、用字如百鍊的鑽石，極致壓縮，意象炫目。

他跟「師祖」喬伊斯一樣，願為孤寂的「都柏林人」，打造「立體派」的文學風格。班維爾好比是愛爾蘭的王文興，對文字的執著近乎癡狂，寫作如瀕死一搏，為永恆的字義而掙扎。難怪班維爾極力推崇《贖罪》之餘，也曾毫不留情地指責麥克尤恩以反恐戰爭為背景的《星期六》是部「令人失望的爛作品」。

《證詞》是體驗「班維爾經驗」的最佳入門。主角是一位拋棄親人的「背海的人」，在國外過著荒唐的生活，欠債惹事後逃回老家，在舊識的畫廊裡搶奪一幅名畫而犯下殺人大罪。

《證詞》就是主角為審判而寫的自我陳述：「我會認罪，但我不喜歡在沒有證詞的情況下認罪」。可是，隨主角揭露亡命的點滴、抽絲剝繭地自剖心路歷程，犯罪動機卻愈顯撲朔迷離。《證詞》魔幻寫實的場景串連童年、家庭、戀愛的複雜回憶，如低吟的魔咒催眠讀者。主角的妄想如羈絆的蜘蛛網，陷讀者於迷霧：為何「一切都是真的，一切也都是假的」？為何會「在混亂的言詞中迷失自己」？

本書原名《The Book of Evidence》，乍看之下令人誤以為是出自《聖經》。「證詞」既是呈堂證物，亦是一部狂人的《見證書》。這個弦外之音就是《證詞》最成功的地方。主角弗雷迪「就像俄國小說裡的憂鬱主角」，他的獨白道出罪人悟道的過程。「身體裡的那個我讓我感到陌生」：他要打開心底潘朵拉之盒，反思主體，看自己是否如外人所言，「真不是人」。開庭前他終於有所頓悟，「變成真正的自己」。

脫下面具的真貌是駭人的黑暗：「我從未真正適應這個世界，有時甚至覺得，我們之所以出現在這裡，是宇宙犯下的大錯。」這位狂人自命為「唯一存活的絕種動物」，對「存在」充滿疑慮，以尼采「超人」的觀點思索生命的意義。他謀殺的衝動伴隨創造的野心，扭曲回憶、操弄現實、改寫過去。他要成為自我世界裡的造物主，他的自白「宛如分娩的壯舉」，讓一切「起死回生」。

然而，神蹟並未出現於人魔的《見證書》。弗雷迪永遠「被排除在那簡單、醜陋、喧嘩的世界外」，如人魚般癡望變形。「寂靜如同腫瘤在我背上恣意腫大膨脹」：狂人若真有日記，孤寂莫此為甚。他的證詞見證了拙劣的人性。

看完此書，讀者不妨續讀麥克尤恩的同期作品《無辜者》（*The Innocent*），對弗雷迪的罪行，將更有所感。

37 鬱藍的海平面：《大海》

《大海》（*The Sea*）

約翰・班維爾（John Banville）著，黃正剛譯，印刻

當代小說的讀者或許會對班維爾這個名字感到陌生。他雖然享有「作家中的作家」之稱，不過，這個稱謂只代表他是個難懂的作家。他的名聲與作品產量向來不成比例。這位愛爾蘭籍作家之前寫了十三本小說，平均銷售量低於五千本，在講求跨國行銷的歐洲書市，實在稱不上暢銷。

本書是班維爾第十四本小說，勇奪二〇〇五年布克獎的殊榮。那年是布克獎有史以來競爭最激烈的一年，與班維爾一起入圍的作家包括呼聲最高的石黑一雄、諾貝爾文學獎得主柯慈、《魔鬼詩篇》的作者魯西迪，還有以《贖罪》紅得發紫的麥克尤恩。這些名家都是布克獎的老將，也都是銷售數量達數百萬冊的暢銷作家。

班維爾跌破眾人眼鏡，以局外人之姿從中脫穎而出，頗具特殊的指標意義，宣告「小眾文學」的捲土重來。《大海》的內容就如同書名般單純：一個中年喪偶的作家重訪兒時的濱海度假小屋，以憂鬱的眼神捕捉逝去的美好時光。五十多年前他情竇初開，不僅愛慕鄰家伯母，也愛上鄰家小女孩。一場人倫悲劇與海邊的誤會奪走了他的玩伴，也搗毀他的童年美夢。

多年後他再度嘗到幻滅的苦果，妻子罹患絕症，緩慢走向生命盡頭的煎熬，讓他領悟到「生命的一切只不過是一場漫長的準備，目的就是為了離開生命」。面對大海，他有所覺悟：往事很難回味，「過去式」卻是「唯一可行的時態」，讓我們得以逃避不可承受的「現在式」。然而，追憶逝水談何容易？「往事有什麼是真正存在的？」

主角在浩瀚大海的鬱藍裡看見了生命的希望與絕望。往事藏有太多祕密，回味之際讓他淪為自己的幽魂。「我們多麼像一艘滿載悲傷的小船，在這片喊不出聲音的靜默中，航行在秋天的暗夜裡。」

要如何走出過去、克服人生兩次重大打擊，要如何在「這個充滿折磨與淚水的塵世間」勇敢地活下去：答案就在隱隱作痛的潮起潮落間。

《大海》與眾不同之處在於字裡行間對純粹的執著，以文學語言精心雕琢而成的純粹。本書雖沒有驚天動地的愛情故事，卻有撼動人心的無聲吶喊，召喚逝去的愛；沒有宏偉的格局，對於死亡的省思卻能勾起讀者澎湃的迴響；以詩的語言編織出最真誠也最珍貴的告白，痛苦的告白。

流過眼淚的讀者將再度嘗到淚水的滋味。

38 最後一位浪漫騎士：《我們在此相遇》

《我們在此相遇》（*Here is Where We Meet*）

約翰．伯格（John Berger）著，吳莉君譯，麥田

約翰．伯格是英國知名的藝術評論家，不僅是位根基紮實的畫家，也是多產的作家。一九五〇年代他以馬克思主義式的人文批判見稱，毫不掩飾本身的左派思想，成為極具爭議性的人物。一九七二年他參與BBC製作藝術教育的系列節目，並出版同名作品《觀看的方式》，顛覆傳統的繪畫欣賞，對於視覺藝術有獨到見

解，成為經典。伯格多年來隱居法國阿爾卑斯山區的小鎮，二〇一七年一月逝世，享年九十歲。

《我們在此相遇》是伯格的回憶錄。他到異地旅遊，沉澱心靈，回想起許多深深影響他的人。

他在里斯本「巧遇」逝世多年的母親，體認到死亡是創造的開始：將逝者的故事寫出來是需要勇氣的。伯格秉持母親的教誨，深入逝者的國度旅行。他在日內瓦思索著生命的意義，想到波赫士，「我們所能給予的，都是已經屬於別人的東西」。

在波蘭克拉科夫（Krakow），伯格見到幻影般的啟蒙老師；他教導伯格如何「跨越疆界」，進入文學的殿堂。倫敦的伊斯林頓（Islington）區帶來初戀的喜悅與臉紅心跳的回憶。他在馬德里想起小學導師的教誨與神祕的人生；在波蘭小鎮，他窺見了父親、戰亂與種種離家的回憶。

本書既是自傳，也是小說，乍看之下，更像一部典雅的遊記。八個章節記錄八個不同的時空，橫跨整個歐洲，時空交錯，娓娓道出人生的因緣後果，編織一部逝者的生命之書：「進入我們人生的生命數量是無法估算的。」伯格生於一九二六年，看破二十世紀荒唐的過去與可悲的變局。他寫家人、老師，也寫摯友、青春，串連其間的則是獨有的歷史關懷、對戰火的感傷。顛沛流離讓我們在此相遇。

伯格畢竟是伯格，不鳴則已，既然要寫回憶錄，一鳴當要驚人。還有哪本自傳會花整整一章節的篇幅速寫哈密瓜、桃李等水果？（在伯格眼中，這些都是「死者記憶的水果」。）有誰的自傳會天馬行空地寫到法國南部蕭維洞窟（Grotte Chauvet）的史前壁畫？（寓意生命恐懼感的完美平衡。）

本書穿插許多蒙太奇式的片段，打亂線性的敘事手法，顛覆讀者觀看人生的方式。孤獨的尤利西斯之旅實現了立體派的宏願，抓住時間的同時，也身陷時間無情的洪流，人生精華急遽消逝。不管結局如何，「速度裡有一種被遺忘的溫柔」。

書中的主角約翰曾說，如果要選擇自己的墓誌銘，將會毫不猶豫選擇一幅畫：林布蘭的《波蘭騎士》（*The Polish Rider*）。畫中英勇的年輕騎士盛裝離鄉，迎向未知命運。這正是伯格心中的伯格：「愛那地景的邀請，無論它通往何處。」在此，浪漫的伯格，與我們相遇。

39
你的玫瑰，我的變形記：《玫瑰的性別》

《玫瑰的性別》（*Misfortune*）
衛斯理．史戴西（Wesley Stace）著，馬漁譯，天培

《玫瑰的性別》雖然不是園藝書，內容恰如幻麗多變的花草世界。

主角是垃圾堆裡的棄嬰，被豪闊的莊主收養。為紀念早逝的妹妹，莊主將嬰兒喚名「玫瑰」，以解慰失去親情的痛楚。玫瑰在桃源裡快活成長，玩樂間逐漸意識到自己異於同性的性徵，竟發現一個驚人的祕密：自己原來不是女生，而是貨真價

實的男兒身。

他要如何辨識真正的自我，要如何活出與生俱來的性別：此敘事脈絡造就了一部緊湊的傳奇故事。

玫瑰的養母是山莊的圖書館長，篤信兩性合一的哲理，照本宣科將他當成雙性思想的實驗品。可是，這種調教並沒有帶來「兩性合一的原始完美」，反而讓他飽受去男性化的煎熬。他不懂自己的生活為何充滿令人不解的束縛，為何非得要用特定的姿態小解，為何要有「它」？玫瑰淪為「愛情故事裡筋疲力竭的男主角」，以陽痿疏離自我，斷絕與「它」的關係。

人生初期的不幸（misfortune）雖讓玫瑰成為幸運小姐（Miss Fortune），性別的真相——既不是女性亦無法成為全然男性——卻讓他身陷模稜兩可的窘境。祕密曝光後，山莊發生爭奪財產的惡鬥，玫瑰被迫流亡海外，經歷曲折的旅程，蛻變成內外合一的中性。他最後「忠於本能」，返鄉面對自己的身世。經過一連串的驚異巧合，竟在神祕詩作與名不見經傳的歌謠裡，頓然解開「我」的密碼之謎……

衛斯理・史戴西是劍橋大學畢業的民歌手，本書是他第一本小說，靈感源自早年作品「幸運小姐」之歌。本書富有濃厚的民謠風，加上作者身分特殊，出版後即獲文學獎提名，受人矚目。「先有歌才有書」的獨特創作歷程促使作者將書裡的民謠譜成曲子發行專輯。當代小說與音樂關係最密切者，莫過於此。

本書背景設於十九世紀的英國大宅，作者運用大量的敘事歌謠與淒美的神話傳說，營造出魔幻寫實的效果，與題材類似的《歐蘭朵》、《黑暗的左手》等名作相較，毫不遜色。

有趣的是，故事結尾，玫瑰的男兒身宛如錯置的財富（mis-fortune），讓「它」以傲人態勢宣示「愛征服一切」。讀者不禁要問：果真如此輕易就能消弭性別區分？玫瑰的回歸，難道不是禁錮的重逢？

不過，這些其實都不重要了。對躺在愛人身旁的玫瑰來說，你有你的你，我有我的我。

40 再會是離別的開始：《美的線條》

《美的線條》（*The Line of Beauty*）

艾倫．霍林赫斯特（Alan Hollinghurst）著，謝佩妏譯，商周

讀完《美的線條》，心中只有一個想法：這本小說真美。這種感觸很難說清楚，就像雨天望著屋外，很普通的景致，窗上交錯的水痕有時卻美得無法形容。

本書主題很平凡：性、偏見、死亡。在標榜顛覆美學的當代文壇，作者反其道而行，刻意選擇尋常的題材，以婉約的筆觸呈現人生的無奈與苦短，在平凡裡見真

情，尤其可貴。本書成功營造出現代小說失落已久的純粹美感，難怪榮獲二〇〇四年曼布克獎的肯定。二〇〇六年還被BBC改編成電視劇，引起熱烈迴響。

《美的線條》可謂當代英國的《大亨小傳》。費茲傑羅忠實描繪頹靡的美國，霍林赫斯特則捕捉了頹靡的美麗與哀愁。主角尼克借住在同學陶比家。陶比乃貴族世家，父親為國會議員；尼克出身平凡，為尚未「出櫃」的同志，以局外人的身分冷眼旁觀上流社會的荒唐。

陶比的妹妹凱薩琳患有焦慮症，叛逆又縱慾，慫恿尼克藉徵友啟事尋找一夜情的慰藉。時值英國大選期間，許多顯要人士出入陶比家的派對，尼克因而結識許多尚未出櫃的同志。派對辦得越多，同志關係搞得越起勁，陶比的父親也與祕書打得火熱。選舉過後凱薩琳爆料父親的婚外情，在狗仔隊的監視下，尼克的同志身分意外曝光，成為代罪的焦點。

他後來得知友人皆染上愛滋，也預見自己難逃不可告人的絕症，得不到陶比的諒解，最後只能默默揮別一切。故事結尾，尼克獨自佇立在冷酷的街角，決心與人生道別。生命絕境「在當下瞬間，是如此的美麗」。

一九八〇年代英國保守勢力抬頭，嚴苛的政經改革造成社會分裂。本書背景設於一九八三至一九八七年英國兩次大選期間，以同性戀的視角檢驗動盪不安的英國。

選舉活動象徵亢奮的情慾，其中的刺激暗喻肉體的快感。政治鬥爭淪為另一種形式的濫交，好比無用的S型裝飾——所謂「美的線條」——象徵氾濫的本能衝動。愛滋陰影雖帶來恐懼，卻讓尼克以憐憫之心迎向死亡。揮別短暫人生，勇敢說再見：離別的身影是最美的線條。

單就此書的成就而言，霍林赫斯特顯然已躋身當代經典作家之列。作者近乎完美的散文融合詹姆斯、吳爾芙、喬伊斯的風格（尼克攻讀文學，研究主題正是「風格」），閱讀成為最高級的享受。喜歡石黑一雄、伊恩·麥克尤恩的讀者一定不能錯過。

41 在溫柔的純白裡閱讀，忘卻：《索涅奇卡》

《索涅奇卡》（*Sonechka*）

柳德蜜拉．烏利茨卡婭（Ludmila Ulitskaya）著，熊宗慧譯，大塊

從古典到後現代，文學形式多變，閱讀依然是恆久不變的精髓，文學存在的理由。偉大的文學訴說著動人的悲劇，若其功用在於將悲劇昇華成美，閱讀則淨化心靈，弭平傷痕。

不過，當苦難化為文字符號，書裡一切都很「真」、也都很「假」，我們該如

何看待真實世界的傷痛？

對俄羅斯當紅作家烏利茨卡婭而言，答案不在於放下書本，而是繼續閱讀，迫切地閱讀。

《索涅奇卡》的女主角是位平庸的圖書館員，在艱苦的史達林年代，她浸淫文學世界，尋求書庫的庇護。她的心「像蠶繭一樣，被裹縛在數千本閱讀完畢的書海裡」。近乎「病態的閱讀熱情」讓她連自己的夢都可執著地「閱讀」。她在圖書館結識同為猶太人的藝術家羅伯特，倉促的婚姻將她帶離巍巍書城的呵護，在現實生活裡譜出小說般的意外人生。

羅伯特歷經流亡、勞改，鄙視俄國文化，叛離祖先的信仰（猶太教）。丈夫的背叛人生讓索涅奇卡重新體認自己的猶太身分，回歸「頑固的」祖先規矩。為彌補只育一女的罪惡感（猶太人有多子的傳統），她收容女兒的朋友亞霞，一位來自波蘭的孤兒。

亞霞的出現改變了她的家，羅伯特重拾畫筆，完成神祕的「白色系列」畫作。

但索涅奇卡萬萬沒料到，完成鉅作的丈夫竟死在情人懷裡——畫裡的白雪皇后原來是白皙的亞霞。索涅奇卡要如何對待背叛自己的養女、要如何面對丈夫的死，故事將有意想不到的結局。

俄國境內擁有眾多的猶太族群，命運雖比德國猶太人好得太多，卻飽受歧視與同化的煎熬，他們的悲慘境遇是歷史忽略的一頁。本書可算是俄國版的傷痕文學，藉由一個平凡家庭的背叛故事，冷冷道出猶太民族的苦難宿命。

索涅奇卡拒絕回到自己的歷史祖國（以色列），每年都在丈夫的墓上「種一些怎麼樣都無法適應俄國水土的白色花朵。」她選擇在赫魯雪夫式的公寓裡獨自終老，回到書本的世界，默默閱讀，忘卻一切。

閱讀是人生的終極背叛，就像書中白色繪畫，以無形的執著勾勒出神祕痛苦的追尋。畢竟，「心靈最珍貴的果實，就像土地的果實，一定要收藏在寒冷的地下。」

42 荒謬之必要，愚弄之必要：《費爾迪杜凱》

《費爾迪杜凱》（*Ferdydurke*）

維．貢布羅維奇（Witold Gombrowicz）著，易麗君、袁漢鎔譯，大塊

波蘭作家貢布羅維奇乃歐洲荒謬劇場的先驅，《費爾迪杜凱》為荒誕小說的經典名作。

本書情節怪異，文字荒謬，如書名所示（作者自創「費爾迪杜凱」一詞），可算是「胡言亂語」。更貼切地說，本書好比一幅立體派油畫，以幻炫多變的筆調打

破形式的侷限，以多重觀點逃離視角的束縛：「所有應該存在的東西跟所有不可避免存在的東西混雜在一起」。

本書號稱「小說」，總該有個故事吧。如果有故事的話，唯一可循的敘事脈絡只有目錄所透露的章節架構。現實與虛假相互顛覆，意義的解構過程雖抗拒詮釋，卻讓崩解的意義更加豐富。

主角是位事業無成的作家，在超現實的反轉過程中，「還原」成幼稚的少年，在學校飽受老師欺凌。對他而言，學校已成為現代主義劫持人性的冷酷制度，逼迫孩童拋棄與生俱來的純真。為逃避心靈的禁錮，他勇敢出走，遠離城市，投身農莊生活，希望能在遺忘的角落尋回現代人失落的青春。

在逃跑、戀愛、再逃跑的過程裡，他體驗了社會的荒謬，人性的愚昧，逃避之必然。故事結尾，他猶如畢卡索畫中扭曲的人物，以變幻莫測的相貌抗拒定義，捍衛自我：「我將一直奔跑，奔跑，跑過整個人類。須知誰也逃不脫一副嘴臉，最多只能換上另一副嘴臉……如果你們樂意，就來抓我吧。我就把嘴臉捧在手裡逃跑。」

《費爾迪杜凱》所營造的閱讀經驗是不斷的干擾、扭曲、挑戰、蹂躪。讀者就像主角一樣（假設只有一個主角），在無限大的囚禁與逃跑的象限中，「部分地加入某種也是部分的部分，同所有的部分和部分的部分一起」，認知與意識被撕裂成游離的分子，在心中留下「無部分」的寂寥與恐懼。

誠如英國作家吳爾芙所言，現代小說家勢必擺脫形式的束縛以捕捉稍縱即逝的現代性。由此觀之，《費爾迪杜凱》的成就應與喬伊斯的鉅作《尤利西斯》相當：無限大的國族寓言被壓縮至無限小的點面上，錯亂的文字呈現分崩離析的意識，拼貼的語言把「小說」從文字的空間解放出來。

不過，這一切難道只為藝術？還是耐不住頑童心態，為了填補紙上的空白？對讀者而言，面對《費爾迪杜凱》匪夷所思的內容，就像面對穿新衣的國王，在荒謬與愚弄之間，國王終究是國王。

43

外國的月，東方的異影：《倫敦畫記》

《倫敦畫記》（*The Silent Traveller in London*）

蔣彝（Chiang Yee）著，阮叔梅譯，西遊記

「你再怎麼努力也不可能以毛筆畫出英國的景色！」一九三四年一個中國畫家的英國朋友刻薄說。四年後，這位畫家出版圖文並茂的《倫敦畫記》，完成「不可能的任務」。他用英文寫作、毛筆作畫，將東方的書畫藝術融入西方的遊記寫作。他就是蔣彝——一九三〇年代旅居英國的傳奇人物。

對國內讀者來說，蔣彝的知名度遠不及同期作家林語堂。沒聽過他的人該喝過可樂吧？「可口可樂」的中譯名正是出自蔣彝的神來之筆。

蔣彝曾任九江縣長，因與軍閥衝突，被迫出走倫敦，隨後又因日本侵華、歐戰爆發等變局，滯留英國二十多年。他書畫造詣深厚，以「啞行者」（Silent Traveller）的稱號寫下系列遊記，馬克吐溫式的妙語風靡西方。

本書記錄作者「在倫敦跟自己說過的話」，為蔣彝「啞行」哲學的代表作。時局動盪，他淪為無語的浪遊者，「以沉默之姿在倫敦四處遊蕩，在沉默中觀察各種事件」。他謙稱書中零散的章節為「雜碎」，希望能化瑣碎為佳餚。每章皆收錄親作的詩畫作品，素寫景物，細膩的觀察迥異於一般旅遊雜感。

蔣彝不僅寫倫敦、畫倫敦，亦以詼諧語調道出中西差異。談到倫敦的冬天，他煞有介事引述《左傳》，宣稱「就因為有太多的雲、風、雨」，倫敦人才需要進步的醫藥。他願冒險在倫敦月下獨自遊蕩，以求「對影成三人」的詩境。他以「祭如在」的觀點調侃英人放任鴿子玷污偉人塑像之「無情」。蔣彝不僅揶揄西方文化，更以怕老的倫敦人為例，譏諷東方美德：他認為孔子敬老的教誨讓國人樂於變老，不愧為「最偉大的心理學家」。

一九三八年戰雲密布，本書既可口又可樂，毫無兵戎之象。《倫敦畫記》將倫敦「水墨化」，試圖在亂世中捕捉人性共通之美，實為反戰的人道速寫。難怪蔣彝偏愛多霧的倫敦！觀霧「就是什麼都不想看見」，霧裡大家「全成了良善的人」。

啞行者徹底發揚中國畫的留白技法，以沉默留白，除了美什麼都不見，「忘掉世俗凡塵，真是最大的享受」。隔年歐戰爆發，蔣彝繼續浪遊天下，寫下更多遊記，在外國月亮下拖著「東方異影」，默默走向遙不可及之烏托邦。

44 革命尚未成功：《理論之後》

《理論之後》（*After Theory*）

泰瑞．伊格頓（Terry Eagleton）著，李尚遠譯，商周

尼采宣告「上帝已死」；政治學家法蘭西斯．福山（Francis Fukuyama, 1952-）大聲疾呼「歷史之終結」，並冷酷預言「後人類」的到來；文化理論界的「教父」伊格頓也同樣一鳴驚人，以彗星撞地球之勢儆寓理論思想的滅絕。

伊格頓認為動盪的現代文明造就了百家爭鳴的文化理論，星火燎原的革命雖悲

壯慘烈，但也帶動蓬勃的思想演變，確保文明延續的生機。

可是，影響當代最甚的後現代主義竟將理論導向萬劫不復的虛無荒原，扼殺了思想苗圃：摒棄大歷史，擺脫大論述；講究差異，讚頌多元；性別取代宗教，族群成為戀物；存在僅是虛構，猶如電視螢幕裡如戲的人生。後現代哲學家布希亞（Jean Baudrillard, 1929-2007）甚至拒絕相信波灣戰爭的發生。

後現代主義營造了「失憶」的政治哲理。不再有真理，遑論真相，忘卻成為文化思潮的反動根源。面臨世紀末的混沌局勢，時下理論竟皆聚焦於狹隘的在地觀點，避免探討與文化不可分割的基礎議題：「面對道德與形上學，感到羞愧；說到愛、生理、宗教、革命，覺得困窘；絕口不提邪惡，論及死亡和苦難更是欲言又止；教條式地談論本質、普遍性與基礎性，卻草草帶過有關真理、客觀、無私等議題。」

最令伊格頓不滿的是，二十世紀末的時局仍動盪不安，諸多有形無形的「革命」尚未成功，為何邁向新世紀的理論學者仍無法──或拒絕──處理「基本」與

「普遍」的問題？

面對以資本主義為軸的全球化現象，本書認為文化學者應正視大論述的必要。畢竟全球化所引發的貧富不均、第三世界的饑荒，甚至「反恐」戰爭等，皆是有血有淚的「大」事，普遍存在世界各處，如生老病死一樣真實，並非空虛的言說。

在虛擬掛帥的後現代世界裡，伊格頓試圖以基於「身體」的唯物普遍性還原文化思想的物性根源，在「理論之後」的盡頭另闢蹊徑。

作者先以慣有的愛爾蘭式幽默剖析文化理論的得失。本書後半部則以末世哲學家的嚴肅侃侃而論，講不能講的話、想不能想的問題。詼諧諷刺的文字逐漸化為孤寂宏亮的聲音。

同樣的心聲想必也迴盪在伽利略的囚室裡，或伴隨達爾文完成物種探源之旅。理論「之後」要往哪兒走？方向或許未定，但可確信的是，未來文化理論的新論述必定源自本書，從《理論之後》出發，「追隨泰瑞」（after Terry）。

45

「靡靡之音」的殖民現代性：《留聲中國》

《留聲中國：摩登音樂文化的形成》（*Yellow Music: Media Culture and Colonial Modernity in the Chinese Jazz Age*）

安德魯．瓊斯（Andrew F. Jones）著，宋偉航譯，商務

二十世紀初期，留聲機伴隨洋槍大炮叩關成功，在上海孕育前所未見的跨國音樂事業。在廣播與有聲電影的推波助瀾下，「百代唱片」代表的留聲機文化以嶄新的傳播形式重塑了都市媒介文化。酒吧、舞廳、咖啡館所流行的中式爵士音樂，則

以跨文化之姿為現代中國另闢兼融並用的契機。不過，以黎錦暉為首的都市媒介文化——所謂「黃色音樂」——卻飽受急於自強救國的左右兩翼之攻訐。

「黃色音樂」果真是右派眼中傾城傾國的「淫樂」？流行音樂是否如左翼人士所說，已淪為資本主義「墮落人心」的牟利工具？中國現代化的動向難道僅止於一部因列強侵略而生的「反射式反應」歷史？

本書秉「音樂為技術」的觀點切入這些議題，探討中國現代化過程所顯露的殖民現代性。

作者首先以文化歷史的角度勾勒音樂與帝國主義的共謀關係。隨傳教士傳入中國的聖歌與銅管樂，不僅成為歐洲帝國主義「伏夷教化」的媒介，對於倡導「新樂」的右派來說，西樂系統化的樂理更是優勢文化的表徵。「音樂為技術」建構了「西優於中」的刻板印象，愛國主義者無不希望改良中國傳統文化，追隨西方啟蒙以來科學至上的腳步。

然而，五四運動自強救國的狂瀾裡，黎錦暉特異獨行，融合爵士樂與中國曲調創造出通俗流行的混血音樂，顛覆「音樂為技術」的中西不平衡。有別於倡導「新音樂」的蕭友梅一干人，黎錦暉以純粹的中國音樂語彙轉化爵士樂，實現了五四運動崇高的理想：開創既「現代」又「中國」的新文化。

《留聲中國》結尾以「留聲機寫實論」深入剖析中國現代化運動與殖民主義的糾葛。不論是倡導「新生活運動」的右派，亦或「代替群眾在吶喊」的左派，皆善用群眾歌曲的灌錄與咏唱，營造共生共時的民族意識。

以此觀之，黎錦暉的「黃色」歌曲就不再是「靡靡之音」，而是「黃色人種」與殖民主義文化互化（transculturation），抹不去的歷史烙痕。

46 史學家的小說情節：《歷史學家的三堂小說課》

《歷史學家的三堂小說課》（*Savage Reprisals: Bleak House, Madame Bovary, Buddenbrooks*）

彼得．蓋伊（Peter Gay）著，劉森堯譯，立緒

「講白一點：小說裡可能會有歷史；不過，歷史裡卻絕不容許有小說般的虛構存在。」史學泰斗彼得．蓋伊率直地道出本書對歷史真實的執著。

蓋伊乃耶魯大學榮退的歷史教授，專治十九世紀歐洲中產階級史，著作等身，

亦是研究啟蒙運動、威瑪文化、弗洛依德之權威。二〇〇〇年他以紐約公共圖書館「學者作家中心」主任的身分發表一系列演講，隨後集結成書，並榮獲多項書獎，引發廣泛討論。

西方美學認為作家所傳達的「真」勝過史學家所發掘的「真相」。後現代主義否定「真實」的主體性，視歷史為文本建構，宣稱寫歷史就像寫小說。然而，一九八〇年以來盛行的新歷史主義尤推崇文學作品，認為文本才是歷史動向的最佳寫照。

蓋伊當然無法苟同此重文學、輕歷史的趨勢。既然十九世紀以降小說主宰了西方文學，而小說的興起又與中產階級有關，蓋伊於是從專業出發，以寫實小說為題，跨行充當文學家，頗負野心想釐清歷史與虛構的糾葛。

蓋伊文筆極為流暢，鏗鏘有力，不僅充分發揮抽絲剝繭的考究功夫，更營造說書的氣氛，生動活潑。

他開宗明義就拿狄更斯開刀，認為這位英國寫實主義的代表其實一點也不「寫實」：《荒涼屋》（*Bleak House*）大肆抨擊英國司法制度之殘暴及愚昧，卻忽略同期國會的司法改革，有扭曲事實之嫌。福樓拜的《包法利夫人》以寫實手法勾勒法國中產階級的墮落，是最不公平的誤解。湯瑪斯．曼也好不到哪裡去。《布頓柏魯克世家》雖藉富商家族的興衰忠實刻畫了德國貴族市民的悲慘命運，但亦顯露出作者對中產階級的無知。

本書的結論很聳動：狄更斯是「憤怒的無政府主義者」，福樓拜是「患有恐懼症的解剖師」，湯瑪斯．曼則是「叛逆的貴族」——他們皆以寫實主義掩飾內心深處對社會的「野蠻報復」。而寫實小說的「不寫實」乃肇因於作家本身對性的壓抑與矛盾。蓋伊分析《布頓柏魯克世家》裡音樂與性的交纏，堪稱弗氏心理分析的極致表現。

廣大迴響中首先有話要說的，當然是文學家。泰瑞．伊格頓就不客氣指出，蓋伊雖大費周章地思辨「文學不是歷史」這個眾所皆知的事實，卻無法說明文學與歷史的基本差異——想像力。文學本來就不是要表達真實的事實，而是在想像空間裡再現人生之「真」。

蓋伊很在乎一個純粹的歷史主義，捍衛歷史與虛構的對立。他以文化歷史的角度上了三堂小說課，奚落作家視野的侷限，嘲諷文學形式的假象，頗有替歷史學家爭口氣之意。

作者對「真實」的狂愛使他成為後現代世紀裡最後一位「寫實主義」者。對歷史有興趣的讀者，本書不可或缺；對文學愛好者而言，尤其是經典文學的書迷，看完本書受教之餘別忘了讀一讀法蘭西斯・福山的《歷史之終結與最後一人》。

47 是歸人，不是過客：《偶遇者》

《偶遇者》（*The Pickup*）

娜汀．葛蒂瑪（Nadine Gordimer）著，梁永安譯，九歌

二〇〇一年九月十二日，這是「後九一一」時代的第一天，也是《偶遇者》在美國的出版日期。

這意外的巧合當然不是出版社所能預知。九一一恐怖攻擊次日，全美風聲鶴唳，誰有興致到書店翻看諾貝爾文學獎得主葛蒂瑪的新書？

《偶遇者》的適時出版驗證了小說家的先知先覺，其題材可謂很「九一一」：基督教社會與伊斯蘭世界的對立，各族裔間無法跨越的文化鴻溝。

故事的背景為當代南非。女主角祖麗為都會雅痞，南非上流白人社會的富家千金。對她而言，種族隔離政策是上一代的事，她與一群死黨關心的是要如何在解放後的社會尋求情慾冒險，感官刺激。

男主角化名阿布杜，粗獷俊美，為非法入境的阿拉伯人，於修車廠打工。他們在車廠的邂逅將彼此帶向未知的國度。阿布杜猶如神祕的東方王子，家鄉在那遙遠的地方，令人迷惑；祖麗代表禁忌的西方繁華富貴，蠱惑人心。

「偶遇」不僅是一夜風流，還是兩種對立文化相會時所爆發的情慾火花。祖麗深受異文化吸引，決定玩真的。得知阿布杜將被驅逐出境後，與他結婚，一同返回他的沙漠故鄉。《偶遇者》的後半部記述雙方在沙漠村落的轉變：阿布杜從歸人變成過客，隻身赴美追求移民夢想；祖麗則由過客變成歸人，在新家園等待阿布杜歸來。

《偶遇者》的主角皆為歷史暴力的產物。祖麗的都會生活放浪形骸，「不管你是女男組合還是男男組合」，所享受的情慾冒險並不求種族融合，而是白人釣黑人的單方偶遇，突顯種族隔離的反撲。阿布杜來自的後殖民地是西方帝國主義遺留的爛攤子：「那是殖民強權在離開時強行分割出來的其中一個國家。是其中一個宗教與政治無法分開、政治迫害和貧窮迫害並行不悖的國家。」

阿布杜始終無法理解祖麗的改變，也不能諒解祖麗為何在他鄉願做歸人。他執著於美國夢，排斥伊斯蘭文化，以身為阿拉伯人自卑，不要國也不要有家，甘心成為西方社會的下等移民。他無法回應祖麗的愛，「因為他不知道自己下一個落腳點會是哪裡」。他在國族層面所表現的自我去勢，深深影響其雄風，是其最不可告人的痛楚。

文化衝突是一部未完的陳舊歷史。《偶遇者》好比紐約世貿大樓，當混亂漸趨有序，爆炸塵埃落定，以暴力餘灰銘刻新的現代啟示錄。葛蒂瑪以近乎散文詩的語言，透過「無對話」的對話，忠實捕捉了當代人性的放逐與回歸。

女主角最後只能背棄家園，融入異文化，在遙遠沙漠以放逐尋求回歸的可能：沙漠「沒有烙著任何印記的。它就是永在。」藉天賜巧合，《偶遇者》出版於後九一一時代的首日，替歷史苦難譜下安魂曲：願過客終成歸人。

48

誤讀的樂趣，失敗的喜悅：《贖罪》

《贖罪》（*Atonement*）

伊恩．麥克尤恩（Ian McEwan）著，范文美譯，正中

伊恩．麥克尤恩的跨世紀鉅作注定因參獎失敗而廣為流傳。

在一片看好聲中，《贖罪》二〇〇一年出版後竟與英國各大文學獎絕緣。在當今商業化的文學市場中，文學獎成為衡量價值的指標。《贖罪》未能脫穎而出，實屬憾事。不過，《贖罪》出版後蟬聯英國暢銷小說排行榜首，並贏得二〇〇二年通

俗導向的 WH Smith 獎，也被搬上大銀幕，對麥克尤恩這位一九九八年布克獎得主來說，「衛冕失敗」反使《贖罪》更受矚目。

「失敗」是個很嚴重的指控，尤其對初試啼聲的年輕作家而言，更是難以承受的否定。《贖罪》的主角布烈安妮從小立志當作家，處女作《池邊雙人》為自傳式的中篇小說，敘述一九三五年某日家族聚會如何徹底改變她的一生。

那晚的意外事件好比懸疑小說才有的情節——只缺「壞人」：女傭的兒子羅比意圖不軌，侵犯她姊姊；她表姊則遭人侵犯。布烈安妮指控羅比為壞人，以圖「小說式」的結局。不過，「壞人」不是羅比，乃誤會一場。她發覺鑄下大錯後，欲藉寫作還原真相，以為贖罪。很不幸，一九四〇年完成的書稿被出版社退稿。寫作失敗導致贖罪失敗。

布烈安妮並未輕言放棄：她決定改寫《池邊雙人》。歷經多次重寫，嘗試各種版本後，一九九九年終於正式定稿：原來，她花了五十九年撰寫的小說，正是我們所讀的《贖罪》。

《贖罪》營造的閱讀經驗是一連串誤讀的組合。其〈第一部〉原是重寫後的《池邊雙人》；〈第二部〉讓讀者誤以為羅比成功地從敦克爾克撤退，平安抵英；〈第三部〉的完美結局又讓讀者誤信「贖罪」的成效。

其實，如布烈安妮的後記所揭露，一九四〇年六月她收到《池邊雙人》退稿函的同時，出獄不久的羅比即戰死於敦克爾克（Dunkirk）；她姊姊則於同年九月的倫敦空襲中喪命。

戀人無緣相會，戰火奪走贖罪的機會。「事情的真相是什麼？答案很簡單」：只要《贖罪》「最後一稿只保存一種版本」，戀人就得以白頭偕老。贖罪的真相？忘卻真相吧！

戰爭、愛情、揮之不去的罪惡感：麥克尤恩原本可建構一部大塊頭的歷史小說以處理這些偉大雋永的題材。可是當《贖罪》試圖回歸歷史，忠於時代背景之際，在故事的層面愈叛離現實。

《贖罪》以歷史小說的形式拒絕成為歷史小說。歷史隱藏真相；要揭發真相，只能靠謊言。「贖罪是永遠無法達成的任務」——《贖罪》的「兩位」作者對此失敗的認知，如同從敦克爾克撤退不成的羅比，潛藏悲劇性的喜悅。

49

無淚的悲歌：《意外的旅程》

《意外的旅程》（*Felicia's Journey*）

威廉．崔弗（Willian Trevor）著，洪凌譯，時報

《意外的旅程》原名《菲利西亞的旅程》（*Felicia's Journey*），是當代愛爾蘭名作家崔弗的暢銷力作。本書一九九四年摘下英國 Whitbread 與 Sunday Express 兩項書獎，二〇〇〇年還被搬上銀幕，頗獲好評。

崔弗的作品向來以電影敘事風格著稱，被改編成通俗電影，也在意料之中。不

過，細心的讀者會發現書名所致的困惑：菲利西亞「意外」的旅程其實一點也不意外。

菲利西亞的旅程是言情小說裡常見的例子：失業的她有孕在身，天真而幼稚，不顧一切隻身前往英國尋找一位曾與她一夜風流的男子。由於她只知道情人的姓名與工作的城市，尋人之旅如大海撈針般並無所獲。

對愛情浪漫的憧憬使她身陷陌生環境潛藏的危險。迷途的菲利西亞結識專門誘拐女子的殺人魔。情人尚未找到，竟差點先被死神找去。後來她雖僥倖逃生，最後卻選擇遠離家鄉，成為遊民，繼續留在異地流浪，藉由乞討以溫飽破碎的心。

出乎讀者意料之外的是，崔弗並未藉這「意外」的旅程鋪陳出一部言情小說。他以電影常用的蒙太奇手法突顯交錯的敘事觀點，使其平鋪直敘的文句隨情節發展愈形晦澀。書中優美精緻的詞藻在崔弗現代主義式的經營下，撲朔迷離，隱瞞故事的核心：到底那一夜菲利西亞與殺人魔之間發生了什麼？

《意外的旅程》不急於解答這個問題；而是寄望讀者從菲利西亞與殺人魔各自

零星片段的回憶裡，重組對歷史和宗教的嘲弄。

菲利西亞得名於「愛爾蘭革命之女」，其曾祖母曾參加反英之復活節暴動。諷刺的是，拋棄她的情人居然加入英國陸軍，會被派至北愛爾蘭鎮暴，與自己同胞為敵。更為反諷的是，女主角得以死裡逃生，不在於自身的勇氣，而是殺人魔——病態的大英帝國崇拜者——本身軟弱的潰敗。

在愛爾蘭反英揭竿起義的志士，面對死亡可從宗教尋得慰藉：可是對在英國僥倖存活的菲利西亞來說，宗教已不具安定力量，無法撫平人心。她因愛而祈禱，繼而展開尋愛之旅：然而這趟旅程終究在冷血的英國淪為漫無目標的流離。

由「祈禱」落為「乞討」：菲利西亞的旅程是崔弗為弱勢族群所譜的悲歌，淒涼無淚。因為，「哀悼就是無止境的疑惑」。

50

那一天的故事：《One Day》

《One Day》（《真愛挑日子》電影書衣珍藏版）

大衛．尼克斯（David Nicholls）著，賴婷婷譯，馥林

男主角達斯在畢業前夕的派對上遇見女主角艾瑪，及時行樂的氣氛下共度了浪漫的一夜。隔天，一九八八年七月十五日，他們成為一日戀人。臉紅的邂逅好似「一切故事的開始」；但他們即將各奔東西，「一切又將結束」。那天下午的心靈交會成為他們青春年華裡最難釋懷的偶然。畢業後每逢七月十五日這天，他們親密

的回憶常浮現於陌生的地方，熟悉的聲音迴盪於彼此愈形生疏的心底。

《One Day》就是「那一天」的故事……

七月十五日是英國傳統的聖瑞信日（St. Swithin's Day），相傳這天若下雨，將會持續下四十天。這天也是達斯與艾瑪歧異人生裡唯一的聯結。他們因這天而相識、而分離，歷經人生起伏，也於這天在巴黎重逢，舊情復燃。彩虹般的夏日之戀會有怎樣的結局？「若聖瑞信日真下雨，彷彿又有大事將至」：有一年終於下雨了，那天會發生什麼事呢？

《One Day》藉一天來描寫當代男女的百樣，以一天串聯整個時代的斷面，是近年來繼霍林赫斯特《美的線條》（二〇〇四年布克獎）後，又一部剖析英國社會的寫實小說。《美的線條》成功刻畫了一九八三至一九八七年英國保守社會的深層情慾；《One Day》則將背景設於一九八八至二〇〇七年間，電影式風格與簡潔文風顯出作者互別苗頭的野心。

尼克斯本以演員起家，改行後身兼編劇與小說家，替 BBC 改編的莎劇與《黛絲姑娘》廣受好評。作者特殊的背景造就了《One Day》強烈的影劇風格。尼克斯蒙太奇的筆法猶如淡入淡出的鏡頭推移，二十年的人生紀錄讀起來卻又像一鏡到底，忠實呈現世紀交替的都會人生。

字裡行間的英式笑話時而嘻笑、時而怒罵，令人噴飯之餘，也令人鼻酸：「一開始你總想透過語言的力量改變這個世界，到最後總會安慰自己：夠了，說幾個好聽的笑話就夠了。」

情節緊湊、描寫細膩、文筆犀利：尼克斯可謂現代版的狄更斯。本書的成功也突顯大眾文學的時代意義。就像十九世紀英國讀者迷戀狄更斯的連載小說一樣，二十一世紀的讀者也會為尼克斯筆下的人物感到著迷。好文學不會因「大眾」或「小眾」而改變價值，因為文學所說的故事，就是我們的故事，大家的故事。

《One Day》書名意指「那一天」，也可作「總有一天」。達斯與艾瑪這兩個截然不同的有情人懷抱單純的信念而結合：相信失去的那一天，總有一天會再降臨。不管快樂或傷悲，他們樂於擁抱人生，對生命的熱愛就像初次約會的合照，永不褪色。

正因如此相信「總有一天」，故事結尾的那幕雨景，是繼海明威《戰地春夢》的結尾，現代文學裡下得最淒涼的雨。

51 墜落的人生哲學：《金魚缸》

《金魚缸》（*Fishbowl: a Novel*）

布萊德利・桑默（Bradley Somer）著，張思婷譯，遠流

說到勵志小說，自然會想起學校推薦的課外讀物，例如，教我們用「心」看世界的《小王子》，要大家忠於自己的《天地一沙鷗》。學生時代不懂事，很難體認小王子的啟示與沙鷗高飛的意義。離開校園後，這些道理也就逐漸淡忘在繁忙的日子裡。

只有當我們再次面臨挫折時，以前老師「規定」的勵志小說，才會再次浮上心頭。人生到底是要接受命運，還是要力求翻盤呢？長大的我們終於發現，原來看清世界、做真正的自己，果真是永恆的難題。

循《小王子》與《天地一沙鷗》的腳步，《金魚缸》以當代視野為都會男女尋求人生難題的解答。雖然沒有寓意深遠的小行星，也沒有做大事的海鷗，這本奇特的小說有一棟如星系般多樣的公寓，和一隻會飛的金魚。

《金魚缸》以「盛裝人生萬物的箱子」比喻都會公寓，此意像源自《小王子》裡的一段關鍵情節。小王子要求迫降在沙漠裡的飛行員畫隻羊，飛行員怎麼也畫不出像樣的圖，索性畫個箱子，告訴小王子說，羊就藏在箱子裡，沒想到小王子很滿意這個答案。《金魚缸》跟《小王子》一樣，都要我們放下偏見，仔細找尋屬於自己的人生百寶箱。

本書描寫一位緊急生產的太太與一隻變成「金色流線型火箭」的飛天金魚，意外地將陌生的都會人生串聯起來：花心的研究生、被劈腿的純情女孩、孤獨的管理員、有天大祕密的建築工人、性情與職業皆很特殊的女士、能讓時光「反轉」的小男童。每個角色都面臨做自己的抉擇，引發意想不到的結果，情節發展令人噴飯，也教人心酸。

古往今來，只有一隻沙鷗，小金魚卻比比皆是，這就是平凡的宿命。雖然並非所有人都能有沙鷗的壯志，每人心底卻都蘊藏著躍天的潛能。《金魚缸》透過眼花撩亂的人物，忠實記錄了共同改變的瞬間，「只要光陰還在，這些瞬間就會一再重演」。

《白鯨記》、《老人與海》、《大智若魚》（*Big Fish*）等作品告訴我們，每人心中都有難馴的大魚。《金魚缸》則以輕鬆詼諧的筆調，寫下屬於當代的「小魚哲學」：抱著「砲彈的速度和決心」，「就是為了要跌落到別處」，在墜落中飛翔。

故事裡每個角色都有小魚的平凡、沙鷗的熱情、小王子的用心，「帶著實用主義的逆來順受」，而非「宿命論者的聽天由命」，讓人生充滿驚嘆號。若無法主宰生命，那就順其自然吧。此知命的墜落哲學，實是當代都會人生急需的一帖良方。

附錄　閱讀伸展式／本書提及之推薦書目

（繁體中文版，按章節順序）

第一式　走入良夜，閱讀經典作家

1　船長徹夜未眠

《黑暗之心》（*Heart of Darkeness*），康拉德，聯經出版公司，二〇〇六

《坎特伯雷故事》（*The Canterbury Tales*），喬叟，遠足，二〇一二

《吉姆爺》（*Lord Jim*），康拉德，桂冠，一九九四

《森林王子：毛哥力的叢林故事集》（*The Jungle Book*），漫遊者文化，二〇一五

《颱風及其他三個短篇》（*Typhoon and Other Stories*）〔含〈愛媚．霍士特〉〕，康拉德，聯經，二〇〇七

2　力行孤獨美學的偵探小說家

《紐約三部曲》（*The New York Trilogy*），保羅．奧斯特，天下文化，二〇一〇

《失意錄》（*Hand to Mouth*），保羅．奧斯特，天下文化，二〇〇九

《孤獨及其所創造的》（*The Invention of Solitude*），保羅．奧斯特，天下文化，二〇〇九

《書房裡的旅人》（*Travels in the Scriptorium*），保羅・奧斯特，皇冠，二〇一〇

3 小說戰場的影武者

《魔鬼詩篇》（*The Satanic Verses*），塞爾曼・魯西迪，雅言，二〇〇二

《魔戒》（*The Lord of The Rings*），托爾金，聯經，二〇一二

《午夜之子》（*Midnight's Children*），塞爾曼・魯西迪，台灣商務，二〇〇四

《羞恥》（*Shame*），塞爾曼・魯西迪，台灣商務，二〇〇二

《摩爾人的最後嘆息》（*The Moor's Last Sigh*），塞爾曼・魯西迪，台灣商務，二〇〇三

4 上刀山做自己

《剃刀邊緣》（*The Razor's Edge*），毛姆，麥田，二〇一六

《人性枷鎖》（*Of Human Bondage*），毛姆，桂冠，二〇〇七

《推銷員之死》（*Death of a Salesman*），亞瑟・米勒，書林，二〇〇六

5 浪漫醫學的不老騎士

《勇往直前：腦神經科醫師奧立佛・薩克斯自傳》（*On the Move: A Life*），奧立佛・薩克斯，天下文化，二〇一六

《錯把太太當帽子的人》（*The Man Who Mistook His Wife for a Hat*），奧立佛・薩克斯，天下文化，二〇〇八

《火星上的人類學家》（*An Anthropologist on Mars*），奧立佛・薩克斯，天下文化，二〇〇八

《睡人》（*Awakenings*），奧立佛・薩克斯，時報出版，一九九八

《幻覺》（*Hallucinations*），奧立佛・薩克斯，天下文化，二〇一四

6 石黑一雄的黑暗之心

《長日將盡》（*The Remains of the Day*），石黑一雄，新雨，二〇一五

《別讓我走》（*Never Let Me Go*），石黑一雄，商周，二〇一五

《被埋葬的記憶》（*The Buried Giant*），石黑一雄，商周，二〇一五

《群山淡景》（*A Pale View of Hills*），石黑一雄，聯合文學，一九九四

《浮世畫家》（*An Artist of the Floating World*），石黑一雄，皇冠，一九九四

《我輩孤雛》（*When We Were Orphans*），石黑一雄，大塊，二〇〇二

《地海六部曲》（*The Earthsea Cycle*），娥蘇拉・勒瑰恩，木馬，二〇一七

7 淚灑莎莉花園

《上帝沒什麼了不起》（*God Is Not Great: How Religion Poisons Everything*），克里斯多福・希鈞斯，小異，二〇〇八

《愛無可忍》（*Enduring Love*），伊恩・麥克尤恩，天培，二〇〇六

《判決》（*The Children Act*），伊恩・麥克尤恩，麥田，二〇一五

《初戀異想》（*First Love, Last Rites*），伊恩・麥克尤恩，商周，二〇〇三

《水泥花園》（*The Cement Garden*），伊恩・麥克尤恩，商周，二〇〇八

8　當代英國小說的野孩子

《骨時鐘》（*The Bone Clocks*），大衛・米契爾，商周，二〇一六

《雲圖》（*Cloud Atlas*），大衛・米契爾，商周，二〇〇九

《迷情書蹤》（*Possession: A Romance*），A・S・拜雅特，時報，二〇〇四

《靈魂代筆》（*Ghostwritten*），大衛・米契爾，天下文化，二〇一二

《黑天鵝綠》（*Black Swan Green*），大衛・米契爾，天下文化，二〇一五

《九號夢》（*Number 9 Dream*），大衛・米契爾，天下文化，二〇一四

《雅各的千秋之年》（*The Thousand Autumns of Jacob de Zoet*），大衛・米契爾，天下文化，二〇一一

《請聽我說》（自閉症の僕が跳びはねる理由—会話のできない中学生がつづる内なる心），東田直樹，八方，二〇一四

9　來自繆思悠悠的囚室

《此刻：柯慈與保羅・奧斯特書信集（2008-2011）》（*Here and Now: Letters*），柯慈、保羅・奧斯特，寶瓶，二〇一三

《屈辱》（*Disgrace*），柯慈，天下文化，二〇〇八

《珍・奧斯汀的信》（*Jane Austen: Selected Letters*），珍・奧斯汀，書林，二〇一一

《給菲莉絲的情書：卡夫卡的文學告白》（*Briefe an Felice*），法蘭茲・卡夫卡，漫遊者文化，二〇一三

第二式　暗夜星光，閱讀第三文化

10　第三文化牽動全球思想脈絡

《最危險的書：《尤利西斯》從禁書到世紀經典之路》（*The Most Dangerous Book*），凱文・伯明罕，九歌，二〇一六

《都柏林人》（*Dubliners*），喬伊斯，聯經，二〇〇九

《兩種文化》（*The Two Cultures*），查爾斯・史諾，貓頭鷹，二〇〇〇

《第三種文化：跨越科學與人文的鴻溝》（*The Third Culture: Beyond the Scientific Revolution*），約翰・布羅克曼，天下文化，一九九八

《論人性》（*On Human Nature*），愛德華・威爾森，時報，二〇〇二

《知識大融通》（*Consilience: The Unity of Knowledge*）愛德華・威爾森，天下文化，二〇〇一

《自私的基因》（*The Selfish Gene*），理查・道金斯，天下文化，二〇〇九

《盲眼鐘錶匠》（*The Blind Watchmaker*），愛德華．威爾森，天下文化，二〇〇二

《語言本能：探索人類語言進化的奧秘》（*The Language Instinct: How the Mind Creates Language*），史迪芬．平克，商周，二〇一五

《槍炮、病菌與鋼鐵：人類社會的命運》（*Guns, Germs, and Steel: The Fates of Human Societies*），賈德．戴蒙，時報，二〇一五

《太陽能》（*Solar*），伊恩．麥克尤恩，漫步，二〇一三

11 文學小說的危機與轉機

《黑暗的左手》（*The Left Hand of Darkeness*），娥蘇拉．勒瑰恩，繆思，二〇一一

《行過地獄之路》（*The Narrow Road to the Deep North*），理察．費納根，時報，二〇一七

《我想念我自己》（*Still Alice*），莉莎．潔諾娃，遠流，二〇一五

《格雷的五十道陰影》（*Fifty Shades of Grey*），E．L．詹姆絲，春光，二〇一五

《派特的幸福劇本》（*The Silver Linings Playbook*），馬修．魁克，馬可孛羅，二〇一三

《少年Pi的奇幻漂流》（*Life of Pi*），楊．馬泰爾，皇冠，二〇一二

《英倫情人》（*The English Patient*），麥可．翁達傑，時報，二〇一〇

《飢餓遊戲》（*The Hunger Games*），蘇珊．柯林斯，大塊文化，二〇一一

《移動迷宮》（*The Maze Runner*），詹姆士．達許納，三采，二〇一五

《偷穿高跟鞋》（*In Her Shoes*），珍妮佛·韋納，馥林，二〇〇五

《安娜·卡列妮娜》（*Anna Karenina*），托爾斯泰，桂冠，二〇〇四

12 到理學院學作文

《寫作風格的意識：好的英語寫作怎麼寫》（*The Sense of Style: The Thinking Person's Guide to Writing in the 21st Century*），史迪芬·平克，商周，二〇一六

《英文寫作風格的要素》（*The Elements of Style*），威廉·史壯克著，E·B·懷特編，所以文化，二〇一五

《知識的騙局》（*Fashionable Nonsense: Postmodern Intellectuals' Abuse of Science*），亞倫·索卡，時報二〇〇一

《優雅的宇宙》（*The Elegant Universe: Superstrings, Hidden Dimensions, and the Quest for the Ultimate Theory*），布萊恩·格林恩，台灣商務，二〇〇三

《論人性》（*On Human Nature*），愛德華·威爾森，時報，二〇〇二

《人類存在的意義：一個生物學家的思索》（*The Meaning of Human Existence*），愛德華·威爾森，如果出版，二〇一六

13 科幻文學的世界大戰

《三體》，劉慈欣，貓頭鷹，二〇一一

《冰與火之歌》（*A Game of Thrones*），喬治・馬汀，高寶，二〇一七

15 讀者書評的酸民文化

《夜訪吸血鬼》（*Interview with the Vampires*），安・萊絲，時報，一九九四

17 書房年中大掃除

《發光體》（*The Luminaries*），伊蓮諾・卡頓，聯經，二〇一五

《咆哮山莊》（*Wuthering Heights*），艾蜜莉・勃朗特，遊目族，二〇一五

《法國中尉的女人》（*The French Lieutenant's Woman*），符傲思，皇冠，二〇〇六

《紐約三部曲》（*The New York Trilogy*），保羅・奧斯特，天下文化，二〇一〇

《贖罪》（*Atonement*），伊恩・麥克尤恩，正中，二〇〇二

《雲圖》（*Cloud Atlas*），大衛・米契爾，商周，二〇〇九

《*One Day*》（《真愛挑日子》電影原著），大衛・尼克斯，馥林，二〇一一

18 文學作品加註警語的爭議

《分崩離析》（*Things Fall Apart*），奇努瓦・阿契貝，遠流，二〇一四

《一個印第安少年的超真實日記》（*The Absolutely True Diary of a Part-Time Indian*），薛曼・亞歷斯，木馬，二〇一三

《寵兒》（*Beloved*），童妮・摩里森，台灣商務，二〇〇三

《追風箏的孩子》（*The Kite Runner*），卡勒德・胡賽尼，木馬，二〇一三

《一九八四》（*Nineteen Eighty-Four*），喬治・歐威爾，遠流，二〇一二

第三式　深夜進行式，當代文學與人生

19　你讀暢銷書嗎？

《梅岡城故事》（*To Kill a Mockingbird*），哈波・李，麥田，二〇一六

《守望者》（*Go Set a Watchman*），哈波・李，麥田，二〇一六

《麥田捕手》（*The Catcher in the Rye*），沙林傑，麥田，二〇一一

《西方正典》（*The Western Canon: The Books and School of the Ages*），哈洛・卜倫，立緒，二〇一六

《殘餘地帶》（*Remainder*），湯姆・麥卡錫，天培，二〇一三

《小陌生人》（*The Little Stranger*），莎拉・華特絲，木馬，二〇一一

《柳橙不是唯一的水果》（*Oranges Are Not The Only Fruits*），珍奈・溫特森，遠流，二〇一一

《狼廳》（*Wolf Hall*），希拉蕊・曼特爾，天下文化，二〇一〇

《回憶的餘燼》（*The Sense of an Ending*），朱利安・拔恩斯，天下文化，二〇一二

《美的線條》（*The Line of Beauty*），艾倫・霍林赫斯特，商周，二〇〇七

《大海，大海》（*The Sea, the Sea*），艾瑞斯・梅鐸，木馬，二〇〇三

《發條橘子》（*A Clockwork Orange*），安東尼·伯吉斯，臉譜，二〇一一

《孤雛淚》（*Oliver Twist*），查爾斯·狄更斯，商周，二〇一六

《金翅雀》（*The Goldfinch*），唐娜·塔特，馬可孛羅，二〇一五

《二十一世紀資本論》（*Le Capital au XXIe siècle*），托瑪·皮凱提，衛城，二〇一四

《七堂簡單物理課》（*Sette brevi lezioni di fisica*），羅維理，天下文化，二〇一六

《一九八四》（*Nineteen Eighty-Four*），喬治·歐威爾，遠流，二〇一二

《在世界與我之間》（*Between the World and Me*），塔納哈希·科茨，衛城，二〇一六

20 當代小說的反恐戰爭

《星期六》（*Saturday*），伊恩·麥克尤恩，天培，二〇〇七

《毛二世》（*Mao II*），唐·德里羅，寶瓶，二〇一一

《心靈鑰匙》（*Extremely Loud & Incredibly Close*），強納森·薩佛蘭·佛爾，凱特文化，二〇一二

《恐怖主義文化》（*The Culture of Terrorism*），諾姆·杭士基，弘智，二〇〇三

《誰是恐怖主義：當恐怖份子遇上反恐戰爭》（*The No-Nonsense Guide to Terrorism*），強納生·柏克，書林，二〇〇四

《別樣的色彩：閱讀·生活·伊斯坦堡，小說之外的日常》（*Öteki Renkler*），奧罕·帕慕

克，麥田，二〇一五

《雪》（*Kar*），奧罕・帕慕克，麥田，二〇〇八

21 經典故事永不落幕

《簡愛》（*Jane Eyre*），夏綠蒂・勃朗特，商周，二〇一六

《戴珍珠耳環的少女》（*Girl with a Pearl Earring*），崔西・雪佛蘭，皇冠，二〇〇三

《福爾摩斯與開膛手傑克》（*Dust and Shadow*），琳西・裴，臉譜，二〇一三

《傲慢與偏見與殭屍》（*Pride and Prejudice and Zombies*），賽斯・葛雷恩–史密斯、珍・奧斯汀，小異，二〇〇九

《索特爾家的狗》（*The Story of Edgar Sawtelle*），大衛・羅布列斯基，時報，二〇一〇

《黑暗元素》（*His Dark Materials*），菲力普・普曼，繆思，二〇一二

《仇敵》（*Foe*），柯慈，小知堂，二〇〇四

《論美》（*On Beauty*），莎娣・史密斯，大塊，二〇一一

《此情可問天》（*Howards End*，又譯《霍華德莊園》），愛德華・摩根・佛斯特，明田，一九九五

22 當代詩越界重生

《品牌這樣思考：一場以設計、人類學、符號意義顛覆創意、品牌行銷思維的大師對

談》（*Brand Thinking and Other Noble Pursuits*），黛比．米曼，商周，二〇一三

《大師的小說強迫症：瑞蒙．卡佛啟蒙導師的寫作課》（*On Becoming a Novelist*），約翰．加德納，麥田，二〇一六

23 失去的藝術

《不能說的名字》（*The Other Hand*），克里斯．克里夫，皇冠，二〇一一

《再見木瓜樹》（*Inside Out & Back Again*），賴曇荷，小天下，二〇一二

24 當報導遇上文學

《魯賓遜漂流記》（*Robinson Crusoe*），丹尼爾．狄福，好讀，二〇一五

《大疫年紀事》（*A Journal of the Plague Year*），丹尼爾．狄福，麥田，二〇〇四

《憤怒的葡萄》（*The Grapes of Wrath*），約翰．史坦貝克，春天，二〇一三

《沒有女人的男人》（*Men Without Women*），海明威，新經典，二〇一四

《戰地春夢》（*A Farewell to Arms*），海明威，明田，二〇〇一

《冷血》（*In Cold Blood*），楚門．卡波提，遠流，二〇〇九

《阿拉斯加之死》（*Into the Wild*），強．克拉庫爾，天下文化，二〇〇七

《聖母峰之死》（*Into Thin Air*），強．克拉庫爾，大家，二〇一四

《車諾比的悲鳴》（*Voices from Chernobyl*），斯維拉娜．亞歷塞維奇，馥林，二〇一一

25 女性情誼的罪與罰

《那不勒斯故事》（*L'amica geniale*），艾琳娜・斐蘭德，大塊，二〇一七

《小婦人》（*Little Women*），路易莎・梅・艾考特，商周，二〇一四

26 舊書變新書

《行向昨日的旅程》（*Reise in die Vergangenheit*），史蒂芬・茨威格，遠流，二〇一二

《一個陌生女子的來信》（*Brief einer Unbekannten*），史蒂芬・茨威格，遠流，二〇一二

《焦灼之心》（*Ungeduld des Herzens*），史蒂芬・茨威格，商周，二〇一五

《昨日世界：一個歐洲人的回憶》（*Die Welt von Gestern. Erinnerungen eines Europäers*），史蒂芬・茨威格，邊城，二〇〇五

《史托納》（*Stoner*），約翰・威廉斯，啟明，二〇一四

《夜牽牛的秘密》（*The Moonflower Vine*），潔塔・卡爾頓，凌雲文創，二〇一四

27 回憶是一本值得分享的書

《我是一個媽媽，我需要柏金包！：耶魯人類學家的曼哈頓上東區臥底觀察》（*Primates of Park Avenue: A Memoir*），溫絲黛・馬汀，時報，二〇一六

《那時候，我只剩下勇敢：一千一百哩太平洋屋脊步道尋回的人生》（*Wild: From Lost to Found on the Pacific Crest Trail*），雪兒・史翠德，臉譜，二〇一五

《湖濱散記》（*Walden, or Life in the Woods*），亨利‧大衛‧梭羅，商務，二〇一四

《奇想之年》（*The Year of Magical Thinking*），瓊‧蒂蒂安，遠流，二〇〇七

《鷹與心的追尋》（*H is for Hawk*），海倫‧麥克唐納，新經典，二〇一六

《流動的饗宴：海明威巴黎回憶錄》（*A Moveable Feast*），海明威，時報，二〇〇八

《科學怪人》（*Frankenstein: Or the Modern Prometheus*），瑪麗‧雪萊，商周，二〇一五

《大亨小傳》（*The Great Gatsby*），史考特‧費茲傑羅，漫遊者文化，二〇一五

28 就是要有伴

《2的力量：探索雙人搭檔的無限創造力》（*Powers of Two: Finding the Essence of Innovation in Creative Pairs*），喬書亞‧沃夫‧申克，大塊，二〇一五

《艾略特的荒原》（*The Waste Land*），T‧S‧艾略特，書林，一九九二

《魔符》（*The Talisman*），史蒂芬‧金、彼得‧史超伯，皇冠，二〇一〇

《聖者之物》（*Relic*），道格拉斯‧普萊斯頓、林肯‧柴爾德，三采，二〇一二

《好預兆》（*Good Omens: The Nice and Accurate Prophecies of Agnes Nutter, Witch*），尼爾‧蓋曼、泰瑞‧普萊契，繆思，二〇〇八

《當我們討論愛情》（*What We Talk About When We Talk About Love*），瑞蒙‧卡佛，時報，二〇〇一

29 曠世鉅作的詛咒

《飄》（*Gone with the Wind*），瑪格麗特・米契爾，麥田，二〇一五

《麥田捕手》（*The Catcher in the Rye*），沙林傑，二〇一一

《第二十二條軍規》（*Catch-22*），約瑟夫・海勒，星光，一九九七

《藝伎回憶錄》（*Memoirs of A Geisha*），亞瑟・高登，高寶，二〇一四

30 行事低調的紐西蘭文學

《在荒島上遇見狄更斯》（*Mister Pip*），羅伊德・瓊斯，時報，二〇一〇

31 美麗的放逐人生

《直到大地盡頭》（*To the End of the Land*），大衛・格羅斯曼，南方家園，二〇一一

《索涅奇卡》（*Sonechka*），柳得蜜拉・烏利茨卡婭，大塊，二〇〇七

《波特諾伊的怨訴》（*Portnoy's Complaint*），菲利浦・羅斯，書林，二〇一二

《父親的失樂園：一則古老語言、河中之城與猶太家族的真實傳奇》（*My Father's Paradise: A Son's Search for His Family's Past*），雅瑞珥・薩巴爾，八旗，二〇一四

第四式　當代閱讀的晨曦

32　「廢墟中藏了誰的故事？」

《從帝國廢墟中崛起：從梁啟超到泰戈爾，喚醒亞洲與改變世界》（*From the Ruins of Empire: The Revolt Against the West and the Remaking of Asia*），潘卡吉·米什拉，聯經，二〇一三

《文明：決定人類走向的六大殺手級 Apps》（*Civilization: The West and the Rest*），尼爾·弗格森，聯經，二〇一二

《東方主義》（*Orientalism*），愛德華·薩依德，立緒，一九九九

33　悲愴的獨行美學

《一個人的朝聖》（*The Unlikely Pilgrimage of Harold Fry*），蕾秋·喬伊斯，馬可孛羅，二〇一二

《贖罪》（*Atonement*），伊恩·麥克尤恩，正中，二〇〇二

《大海》（*The Sea*），約翰·班維爾，印刻，二〇〇八

《天路歷程》（*The Pilgrim's Progress*），約翰·班揚，波希米亞，二〇一一

《長路》（*The Road*），戈馬克·麥卡錫，麥田，二〇一〇

《老人與海》（*The Old Man and the Sea*），海明威，麥田，二〇一三

34　生命的終極毒碼

《C》（C），湯姆·麥卡錫，天培，二〇一二

《變形記》（*Die Verwandlung*），卡夫卡，麥田，二〇一〇

35　憂傷的地平線

《直到大地盡頭》（*To the End of the Land*），大衛・格羅斯曼，南方家園，二〇一一

36　迷霧裡狂人的獨白

《證詞》（*The Book of Evidence*），約翰・班維爾，書林，二〇一一

37　鬱藍的海平面

《大海》（*The Sea*），約翰・班維爾，印刻，二〇〇八

38　最後一位浪漫騎士

《我們在此相遇》（*Here Is Where We Meet*），約翰・伯格，麥田，二〇〇八

《觀看的方式》（*Ways of Seeing*），約翰・伯格，麥田，二〇一〇

39　你的玫瑰，我的變形記

《玫瑰的性別》（*Misfortune*），衛斯理・史戴西，天培，二〇〇七

《歐蘭朵》（*Orlando*），維吉妮亞・吳爾芙，遊目族，二〇〇八

《黑暗的左手》（*The Left Hand of Darkness*），娥蘇拉・勒瑰恩，繆思，二〇一一

40　再會是離別的開始

《美的線條》（*The Line of Beauty*），艾倫・霍林赫斯特，商周，二〇〇七

41 在溫柔的純白裡閱讀，忘卻

《索涅奇卡》（*Sonechka*），柳得蜜拉・烏利茨卡婭，大塊，二〇〇七

42 荒謬之必要，愚弄之必要

《費爾迪杜凱》（*Ferdydurke*），貢布羅維奇，大塊，二〇〇六

《尤利西斯》（*Ulysses*），詹姆斯・喬伊斯，九歌，二〇一六

43 外國的月，東方的異影

《倫敦畫記》（*The Silent Traveller in London*），蔣彝，西遊記，二〇〇六

44 革命尚未成功

《理論之後：文化理論的當下與未來》（*After Theory*），泰瑞・伊格頓，商周，二〇〇五

45 「靡靡之音」的殖民現代性

《留聲中國：摩登音樂文化的形成》（*Yellow Music: Media Culture and Colonial Modernity in the Chinese Jazz Age*），安德魯・瓊斯，台灣商務，二〇〇四

46 史學家的小說情節

《歷史學家的三堂小說課》（*Savage Reprisals: Bleak House, Madame Bovary, Buddenbrooks*），彼得・蓋伊，立緒，二〇〇四

《包法利夫人》（*Madame Bovary*），福樓拜，立村文化，二〇一一

《布頓柏魯克世家》（*Buddenbrooks: Verfall einer Familie*），湯瑪斯·曼，志文，一九八六

《歷史之終結與最後一人》（*The End of History and the Last Man*），法蘭西斯·福山，時報，一九九三

47 是歸人，不是過客

《偶遇者》（*The Pickup*），娜汀·葛蒂瑪，九歌，二〇〇二

48 誤讀的樂趣，失敗的喜悅

《贖罪》（*Atonement*），伊恩·麥克尤恩，正中，二〇〇二

49 無淚的悲歌

《意外的旅程》（*Felicia's Journey*），威廉·崔佛，時報，二〇〇〇

50 那一天的故事

《One Day》（《真愛挑日子》電影原著），大衛·尼克斯，馥林，二〇一一

《戰地春夢》（*A Farewell to Arms*），海明威，明田，二〇〇一

51 墜落的人生哲學

《金魚缸》（*Fishbowl: a Novel*），布萊德利·桑默，遠流，二〇一五

《小王子》，（*Le Petit Prince*），安東尼·聖修伯里，漫遊者文化，二〇一四

《天地一沙鷗【全新結局完整版】》（*Jonathan Livingston Seagull: The New Complete Edition*），李

察．巴哈，高寶，二〇一四

《白鯨記》（*Moby-Dick; or, The Whale*），梅爾維爾，桂冠，一九九四

《老人與海》（*The Old Man and the Sea*），海明威，麥田，二〇一三

內容簡介

在出版量急遽膨脹、電子載具可輕易大量存取的年代，「讀書」這件事反而日益艱難。畢竟書海茫茫，讀者又何嘗不茫茫然。就像旅遊需要指南，在書海中迷失的讀者也需要一位優秀的領航員。本書作者書評家鄧鴻樹先生，就是一位絕佳的伴讀者。

《船長徹夜未眠》乃針對一般讀者所寫的主題式文學評論，避開艱深的文學論述，文字精簡而不失深度，為讀者引介當代歐美文學新作與相關中文譯作，包含當代作家介紹、作品點評，以及當代文學與出版議題討論——讀書，讀人，也解讀文壇局勢。其評遒勁有力卻又溫柔敦厚，實為台灣難能可貴的精采書評作品。

吳爾芙所稱頌的「普通讀者」，也許並不在意經典或通俗，不在乎理論或流派，只是想遇見一本好看的書，就這麼簡單。閱讀，本來就該這麼簡單。盼讀者能藉本書體驗當代文學的樂趣，讓閱讀融入生活：拾起書本，維持生活裡的閱讀進行式。

作者簡介

鄧鴻樹

一九六九年生，台灣台東人，倫敦大學英國文學博士，研究領域為現代英國文學、當代英國文學、文學與科學。譯有康拉德的《黑暗之心》（台北：聯經）。

現任台東大學英美語文學系助理教授兼國際事務中心主任，講授英國文學、英詩選讀、文學專題等課程，致力推廣經典文學與當代文學的閱讀教育。

曾任《中國時報》「開卷歐美書房」專欄執筆、教育電台台東分台英詩與經典小說節目主講、科技部「西洋經典與現代人生——文學系列」講座。

國家圖書館出版品預行編目 (CIP) 資料

船長徹夜未眠：當代歐美文學的閱讀進行式 / 鄧鴻樹著 .
-- 初版 . -- 新北市 : 立緒文化 , 民 106.04
面； 公分 -- （新世紀叢書）
ISBN 978-986-360-081-7（平裝）

1. 當代文學 2. 文學評論 3. 文集

810.7 105025554

船長徹夜未眠：當代歐美文學的閱讀進行式

出版——立緒文化事業有限公司（於中華民國 84 年元月由郝碧蓮、鍾惠民創辦）
作者——鄧鴻樹

發行人——郝碧蓮
顧問——鍾惠民

地址——新北市新店區中央六街 62 號 1 樓
電話——(02)2219-2173
傳真——(02)2219-4998
E-mail Address——service@ncp.com.tw
網址——http://www.ncp.com.tw
Facebook 粉絲專頁——https://www.facebook.com/ncp231
郵局帳號——1839142-0 號　立緒文化事業有限公司帳戶
行政院新聞局局版臺業字第 6426 號

總經銷——大和書報圖書股份有限公司
電話——(02)8990-2588
傳真——(02)2290-1658
地址——新北市新莊區五工五路 2 號
排版——菩薩蠻數位文化有限公司
印刷——祥新印刷股份有限公司

法律顧問——敦旭法律事務所吳展旭律師

分類號碼——810.7
ISBN：978-986-360-081-7
出版日期——中華民國 106 年 4 月初版 一刷（1 ～ 1,500）

定價◎ 350 元